너와 나의
슈가젤리 1

416 단원고 약전 **짧은, 그리고 영원한 1권**

너와 나의 슈가젤리

2학년 1반

경기도교육청 약전작가단 지음
경기도교육청 엮음

굿플러스북

발간사

《단원고 약전》으로 영원히 기리다

'기록하지 않은 기억은 망각되고, 기록은 역사가 된다.' 우리가 오늘 그날의 이야기를 기록하는 이유입니다. 단원고 학생과 교사 261명을 포함해 모두 304명의 목숨을 앗아간 4.16 세월호 참사. 그들의 못다 한 꿈을 영원히 기억하고 우리의 책임을 통감하며 후대에 교훈으로 남기기 위해 이 참사를 기록하게 되었습니다.

'세월호'의 기록은 우리 시대의 임무입니다. '세월호'를 하나의 사건으로만 기억하지 않고 역사의 기록으로 남겨야 하는 이유는 가장 소중한 가족을 잃은 사람들의 비통함 때문만은 아닙니다. 안전 불감증이라는 사회적 성찰과 국가의 부끄러운 안전 정책은 물론 역사의 진실을 제대로 알리고자 하는 마음이 모여 한 장 한 장 피맺힌 절규를 담게 되었습니다.

희생자 한 명 한 명의 삶과 꿈, 그 가족과 친구들의 기억을 기록하는 데 그치지 않고, 어떻게 기록해야 진실을 올곧게 담아내고 가장 많은 사람들과 이 기억을 공유할 수 있을까를 생각했습니다. 그래서 이번 참사의 아픔을 함께하고, 우리 시대의 사랑과 분노, 희망과 좌절을 문학 작품으로 기록해 온 작가들을 약전 필자로 모셨습니다. 아무리 훌륭한 작가가 있다 해도 아들딸, 형제자매를 떠나보낸 가족들이 이들을 만나서 이야기해 주지 않았다면 단 한 줄도 기록할 수 없었을 것입니다. 약전 발간에 대한 가족들의 관심과 참여가 1만 매가 넘는 원고를 만들어 낸 가장 소중한 밑거름이 되었습니다.

약전 작가와 발간위원들은 가족들이 있는 합동분향소, 광화문광장, 팽목항으로 찾아가 묵묵히 그 곁을 지키며 함께했습니다. 눈을 마주치고 짧은 인사를 나누고, 그렇게 시작해 몇 시간씩 마주 앉아 함께 울고 웃으며 '지금은 천 개의 바람이 되어 버린 그들'에 대한 이야기를 나눴습니다.

이렇게 12권의 책이 만들어졌습니다. 경기도는 물론 전국 방방곡곡에서 단원고 학생과 교사들의 삶을 약전을 통해 다시 만나고 그들과 함께할 것입니다. 그들의 꿈과 미래가 영원히 우리 곁에서 피어나길 기원하며, 이 시대를 살아가는 모든 분께 《단원고 약전》을 바칩니다.

2016년 1월

경기도교육청

기록의 소중함

《삼국유사》가 전승되지 않았더라면 천년 이후에 우리는 신라의 향가를 비롯해 우리 고대의 역사, 문화, 풍속, 인물들을 어떻게 추론할 수 있었을까? 모두 알다시피 정사인 《삼국사기》와 달리 《삼국유사》는 최초로 단군신화를 수록하고 학승, 율사와 같은 위인의 전기뿐만 아니라 선남선녀들의 효행을 기록했다. 우리가 진정 문화 민족의 후예임을 밝혀 주는 보물 같은 기록이다.

사마천의 《사기》 역시 마찬가지로 문명사회의 시원과 중국 고대사를 비추는 찬란한 등불이다. 그리고 나아가 이제는 인류의 공동 자산이 되었다. 흥미로운 것은 방대한 《사기》에서 가장 많이 사랑받는 부분은 '제왕본기'가 아니라 당대의 문제적 인간들의 이야기를 엮은 '열전'이다. 지배 계층 인물보다 골계 열전에 엮은, 당시 민중의 살아 숨쉬는 모습이 압권이다. 실로 이천여 년 전의 인간이라 믿기 어려울 정도로 사실적이다.

《삼국유사》와 《사기》 안에 부조된 인간사는 현대에도 부단히 여러 예술 장르로 부활, 변용되고 있다. 기록은 그토록 소중한 작업이다.

세월호 참사에 대한 보도, 영상물을 비롯한 기타 자료 등은 넘치고 또 넘친다. 해난사고가 참사로 이어지는 과정에 대한 탐구, 분석, 평가 또한 앞으로 이어질 것이다.

'바다를 덮친 민영화의 위험성', '무분별한 규제 완화', '정부의 재난 대응 역량' 등의 문제는 정치의 영역일 터이다.

우리 139명 작가들과 6명의 발간위원들은 4.16 참사라는 역사적 대사건의 심층을 들여다보고 이를 기록하고자 했다. "잘 다녀올게요" 하고 환하게 웃으며 수학여행을 떠난 그들이 어떤 꿈과 희망을 부여안고 어떤 난관과 절망에 부딪치며 살았는지 있는 그대로 되살려 내고자 했다. 여기에는 결코 어떤 집단의 유불리나, 하물며 정치적 의도 같은 것이 있을 리 없다.

파릇한 나이에 서둘러 하늘로 떠나 버린 십대들의 삶과, 또한 이들과 동고동락한 선생님들의 생애를 고스란히 사실적으로 담았다.

로마의 폼페이 유적지에서 이천여 년의 시간을 뚫고 솟아난 한 장의 프레스코화는 실로 눈부시다. 머리 빗는 여성의 풍만한 몸매와 신라 여인을 연상시키는 의상, 그리고 이를 바라보는 어린 아들의 익살스런 포즈는 그 시대를 단번에 현대인에게 일러 준다.

프레스코화 기법의 핵심은 젖은 회반죽이 채 마르기 전에 그리는 것이라고 한다. 우리 역시 비극의 잔해가 상기 남아 있는 시기에 약전을 쓰려고 했다. 무척 고통스럽고 슬픈 작업이었다. 작가들은 떠나간 아이들과, 그리고 남아 있는 부모와 가족, 친지들과 함께 다시 비극의 한가운데 오래 머물러야 했다.

'왕조실록', '용비어천가', 《삼국사기》가 역사 기록이듯 '녹두장군', '갑오동학혁명', 무명의 여인들이 쓴 형식 파괴의 '사설시조' 등도 전통의 지평을 넓히는 우리 문화유산이다. 평가와 선택은 후세가 할 것이다. 우리는 다만 동시대인으로서 비극에 얽힌 인물들의 이야기를 기록한다.

함께 별이 된 아이들과 교사들이 하늘에서 편하시기를 기도하며, 고통스런 작업에 참여해 주신 가족, 친지분과 작가 여러분께 깊이 감사드린다.

2016년 1월

유시춘 (작가, 약전발간위원장)

발간사

2학년 1반

1권 | 너와 나의 슈가젤리

고해인	해바라기의 창
김민지	Be Alright
김민희	그러니까 민희는
김수경	나는야 친구들 고민 해결사
김수진	사랑하는 방법을 아세요?
김영경	영롱한 날의 풍경
김예은	예은이의 웃음소리
김주아	유려한 강물의 기운을 타고난 아이
김현정	어느 멋진 날
박성빈	깊고 넓은 우주, 버릴 게 하나도 없는 우리 딸
우소영	단원고의 이나영이라 불렸던 아이
유미지	구름은 왜 구름일까?
이수연	춤과 노래를 좋아하는 수재
이연화	너와 나의 슈가젤리
한고운	오래된 골목 속으로 사라지다

2학년 2반

2권 | 작은 새, 너른 날갯짓

강수정	웨딩드레스 디자이너를 꿈꾸며
강우영	내 곁에 있어야 할 넌 지금 어디에
길채원	우리들의 메텔
김민지	아프로디테 민지
김소정	아름다운 것이 없다면 세상은 끔찍한 곳이겠지
김수정	세상에서 만난 모든 것을 사랑했네
김주희	망고 한 조각
김지윤	추억의 창고, 노란 앨범
남수빈	마음은 이미 사학자
남지현	지현이의 기도
박정은	괜찮아요? 괜찮아요!
박혜선	엄마, 가끔 하늘을 봐 주세요
송지나	쪽지 편지
양온유	갑판에서 다시 선실로 뛰어든 반장
오유정	오! 유정 빵집에 오신 걸 환영합니다
윤민지	빛과 소금처럼
윤 솔	내 눈 속에 이쁨
이혜경	초록, 오렌지, 분홍, 빨강
전하영	작은 새, 너른 날갯짓
정지아	정지아 족장님의 아름다운 생애
조서우	춤추는 손
한세영	태풍이 지나간 자리에
허유림	시간 여행, 유림이의 역사 속으로

2학년 3반

3권 | 우습게 보지 마, 후회할 거니까

김담비	담비, 가족을 이어 준 복덩이
김도언	사랑으로 자라 사랑을 베풀며
김빛나라	내면이 툭 터져 영글어 가던 그때
김소연	아빠는 내 친구
김수경	따뜻한 눈사람, 수경이
김시연	깨박 시연, 그리고 재광
김영은	타고난 복
김주은	내 웃음소리를 기억해 주세요
김지인	나 행복해
박영란	영원한 작은 새, 엘리사벳
박예슬	또각또각 구두 소리
박지우	선물 같은 아이
박지윤	그림이 된 소녀
박채연	언제나 세상 모든 것이었던 채연아
백지숙	가만히 빛나는
신승희	멈춰 버린 시간을 붙잡고 싶어
유예은	우습게 보지 마, 후회할 거니까
유혜원	팔색조 같은 우리의 친구
이지민	궁극의 에이스를 위하여
장주이	주이라는 아름다운 세계
전영수	나의 신(神), 나의 교주, 나의 딸
정예진	눈이 오는 날마다, 너는
최수희	88100488
최윤민	머리부터 발끝까지 이쁜 아이
한은지	코스모스를 닮은 은지야
황지현	꿈이 없으면 뭐 어때!

2학년 4반

4권 | 제 별에서 여러분들을 보고 있을게요

강승묵	소울이 가장 중요한 '단세포밴드'
강신욱	푸근하고 듬직한 신욱이
강 혁	순애 씨의 하얀 돼지
권오천	세상을 다 가진 소년
김건우	작은 거인 건우 이야기
김대희	지켜 주고 싶어서
김동혁	엄마가 가져온 변화, 그리고 가족의 행복
김범수	이 똥깔놈!
김용진	마술이 마법처럼 제 삶을 바꿨어요
김웅기	잘 다녀오겠습니다
김윤수	하늘나라 작가가 된 윤수
김정현	형! 나 정현이야
김호연	진중하고 단정한 아이, 호연이
박수현	"사랑"을 입버릇처럼 말하던 소년
박정훈	정든 포도나무, 박정훈
빈하용	제 별에서 여러분들을 보고 있을게요
슬라바	주문을 외우면
안준혁	착한 돼지가 아니면 안 '돼지'
안형준	천둥 치는 날, 꼭 와야 해
임경빈	멋진 발차기 태권 소년 경빈이
임요한	파랑새의 집
장진용	쾌남, 주니어
정차웅	열여덟, 연둣빛처럼
정휘범	886번째 수요일부터 그다음 수요일까지
진우혁	그림, 라면, 게임, 우혁이를 표현하는 세 단어
최성호	벚꽃엔딩
한정무	충분히 좋은 기억
홍순영	여기, 한 아이가 있다

2학년 5반

5권 | 엄마, 큰 소리로 노래를 불러요

김건우1	속정 깊은 쿨 가이
김건우2	책임감과 배려심이 강했던 진정한 축구돌
김도현	자유로운 영혼의 작은 천재 피아니스트
김민성	속 깊고 철들었던 아들
김성현	형의 자리에 앉아
김완준	그 새벽의 주인공
김인호	사랑했고, 사랑하고, 영원히 사랑할 사람에게
김진광	나는 듣는 사람, 내가 네게 갈게!
김한별	한별아 나의 아가
문중식	체체, 엄마를 지켜 줘!
박성호	평화와 정의 실현을 꿈꾼 어린 사제
박준민	행복한 마마보이
박홍래	한 마리 자유로운 새가 되어 날아왔어요
서동진	끼가 넘치는 명랑 소년, 서동진
오준영	엄마의 편지 : 안산은 아침이 아프다
이석준	영원한 아가, 이석준 이야기
이진환	곁에만 있어도 절로 웃음이 나는 아이
이창현	바람처럼 빠르고 햇살처럼 따스한
이홍승	나는 이홍승
인태범	와스타디움 '편지 중계' 다시 쫌 안 되겠니?
정이삭	엄마, 큰 소리로 노래를 불러요
조성원	오! 해피 데이
천인호	너는 사랑만 주었다
최남혁	보석처럼 빛나는 아들
최민석	민석이는 떠나지 않았다

2학년 6반

6권 | 그만 울고 웃어 줘

구태민	아름다운 힘, 태민
권순범	너무 일찍 철이 든 아이
김동영	젖지 않는 바람처럼
김동협	여러분, 김동협의 모노드라마 보러 오실래요
김민규	이제 그만 울고 모두를 위해 웃어 줘, 엄마
김승태	아빠, 부탁해요!
김승혁	특별하지 않아 가장 특별했던 아이
김승환	선명한 밝은 빛, 저를 기억해 주세요
박새도	아직은 친구보다 가족이 더 좋았던 아이
서재능	큰 소리로 꿈을 말하다
선우진	네가 있는 세상보다 더 좋은 건 없을 거야
신호성	18세의 아리랑고개
이건계	내가 알고 있는 건계
이다운	이 노래 그대에게 들릴 수 있기를
이세현	나타날 수 없지만 분명히 존재한다
이영만	따뜻한 웃음, 순수한 영혼
이장환	장환이가 우리 친구라서
이태민	요리의 제왕, 이태민
전현탁	너처럼 착한 아이
정원석	빛을 가진 아이
최덕하	결정적 순간
홍종영	평등한 세상을 꿈꾼 쌍둥이 형
황민우	민우의 바다

2학년 7반

7권 | 착한 놈, 씩씩한 놈, 행복을 주는 놈

곽수인 다정한 아들이 될게요, 언제까지나

국승현 보라색 꿈이 된 승현이

김민수 렛잇고, 아무런 문제도 없어……

김상호 희망이 있어서 더 아름다웠던 시절

김성빈 '가족'과 함께했던 행복 발자취

김수빈 착한 놈, 씩씩한 놈, 행복을 주는 놈

김정민 너를 통해 보는 네 모습

나강민 기억 속의 소년

박성복 박성복 보고서

박인배 나는 두렵지 않다

박현섭 매일 너의 이름을 부른다, 현섭아

서현섭 나의 일기

성민재 땡큐, 크리스토프

손찬우 요리가 좋아지기 시작한 봄

송강현 게임의 왕, 강현이의 꿈

안중근 소중한 것들을 대하는 그의 태도

양철민 불꽃놀이 하자, 철민아!

오영석 웃고 웃기며 사는 즐거운 인생

이강명 안 되면 되게 하라

이근형 영원한 동생바보

이민우 어느 날 갑자기

이수빈 수학자를 꿈꾼 수빈이

이정인 사랑하는 사람들과 함께했던 소년의 시간

이준우 2차원과 3차원을 연결하기 위해

이진형 기억 속에 피는 꽃

전찬호 내 생애 가장 긴 편지

정동수 예비 로봇 공학자

최현주 힘껏 사랑받는 사람

허재강 엄마가 강이를 키웠고 강이는 엄마를 키웠다

2학년 8반

8권 | 우리 형은 열아홉 살

고우재 다시, 길 위에서

김대현 말 없는 바른 생활 사나이

김동현 달려라, 김동현!

김선우 먼 훗날의 옛날이야기

김영창 가슴 시린 이야기

김재영 엄마, 사랑해요

김제훈 형은 나의 우주입니다

김창헌 애인 같은, 철든 아들

박선균 로봇을 사랑한 소년

박수찬 수찬의 나날

박시찬 시와 찬양을 간직한 사람, 박시찬

백승현 혼자 떠나는 여행은 어떤 것일까?

안주현 기타 치는 자동차공학자

이승민 승민이와 엄마의 오랜 습관

이재욱 생명, 환경을 사랑한 재능꾸러기

이호진 너와 우리의 시작을 생각한다

임건우 우리 형은 열아홉 살

임현진 그 허연 얼굴과 까만 안경도 무척 이쁘지만

장준형 엄마는 이름이 많아

전현우 속 깊은 아이

조봉석 태권 보이 조봉석

조찬민 소울 푸드 요리사 조찬민

지상준 이 소년이 사랑한 것들

최정수 미래를 연출하다

2학년 9반

9권 | 네 잎 클로버를 키운 소녀

고하영	담담하고 당당하게!
권민경	네 잎 클로버를 키운 소녀
김민정	엄마의 꽃 민정이
김아라	김아라, 수호천사 우리 딸!
김초예	누구랑 여행해도, 어디를 여행해도
김해화	엄마, 얼굴 예쁘게 작게 낳아 줘서 고마워
김혜선	그리움의 조각을 이어 붙이다
박예지	행복한 사람, 자기를 사랑할 줄 아는 사람
배향매	다시 올게요
오경미	그날, 무대의 막이 오를 때
이보미	보미의 편지
이수진	아기 고래의 꿈
이한솔	놀기도 잘하고 공부도 잘하던 당찬 공주
임세희	노란 나비가 되어 다시 찾아오렴
정다빈	빵을 만드는 작가
정다혜	항상 멋진 정다혜!
조은정	'효녀 은정'이라고 불러 줘
진윤희	포에버 영원한 친구, 윤희
최진아	나의 샴고양이 똑순이(쑤니)에게
편다인	별이 언니의 Star's Story

2학년 10반

10권 | 팥빙수와 햇살

구보현	이렇게 행복해도 되나 가끔 두려워
권지혜	미소 천사 지혜
김다영	간직해 줘요, 깨알 편지에 새긴 내 무늬
김민정	태어나 줘서 고마운 아이, 민정이
김송희	엄마랑 같이 행복하게 산다더니
김슬기	빨리 와, 나 화장실 가야 해
김유민	다시 태어나도 엄마와 함께
김주희	짧은 생애 그러나 큰 기쁨을 주었던 김주희를 기억하며
박정슬	마음을 담아, 사랑하는 사람들에게
이가영	더 가까이, 더 따듯하게!
이경민	갱이 이모
이경주	혼자 우는 친구가 있다면 늘 그 옆에 있고 싶다
이다혜	다 덤비라고 해, 나 이다혜야!
이단비	참 행복한 아이, 단비
이소진	그래도 나는 동생이 좋아
이해주	춤 잘 추는 영원한 반장
장수정	내 카페에 오는 사람들에게 천국을 보여 주고 싶다
장혜원	팥빙수와 햇살

별이 된 아이들 이야기

해바라기의 창

안산 단원고 2학년 1반 **고해인**

1. 돌 때, 집 앞에서 외할머니가 사 준 예쁜 꼬까옷 입고.
2. 중학교 때 해인 친구들과 스튜디오에서 찍은 사진.
3. 고등학교 때 모습. 만화가 이동수 작가의 캐리커처.

해바라기의 창

학교에서 돌아오면 해인은 항상 이 창가에 앉는다. 해인의 방에 딸린 베란다에 아빠가 예쁘게 짠 책상을 넣어 주셔서 해인의 공부방이 되었다. 교복을 벗고 공부방으로 넘어와서 의자에 앉으면 마음이 편안해진다. 창 너머엔 비록 주차장밖에 안 보이지만.

해인의 기억은 이 창가에서 시작되었다. 유모차를 미는 엄마 곁에 꼭 붙어서 저 주차장 사이를 타박타박 걸어오던 조그만 여자아이. 그때 해인은 겨우 네 살이었다. 가파른 계단을 올라 들어선 집 안에는 이삿짐이 여기저기 널려 있었고, 엄마와 아빠와 외삼촌과 숙모까지 어른들 모두가 분주했다. 어느 정도 짐 정리하고 안방을 걸레로 훔칠 때까지, 엄마는 유모차에 동생을 태운 채로 남매를 해인의 방에 가두어 놓았다.

"자장, 자장, 울리 아가~ 자장, 자장, 잘또 잔다~"

해인은 유모차를 앞뒤로 밀어주며 엄마 흉내를 내었다. 해인이 너무 세게 밀어붙여서 불안해진 두 살배기 아기는 한참을 칭얼거리다 겨우 잠이 들었다. 동생이 깨서 울면 엄마한테 혼날 게 뻔해, 애 보기 놀이도 할 수가 없어진 해인은 유리문을 밀고 이 작은 베란다로 들어왔다.

그늘진 오후의 베란다. 그 안으로 넘어가는 해가 환하게 쏟아지고 있었다. 해인은 그 햇살을 잡아 보려고 빛 속으로 뛰어들었다.

"아하핫, 간지러워!"

갑자기 하늘이 웃음을 터뜨렸다. 해인이 앙증맞은 손을 위에다 내고 콩콩 찌를 때 마다, 하늘은 그만 웃음보가 터져서 까르륵 아이처럼 웃어댔다. 해인이 저도 모르게 따라 웃을 때, 해님이 빛의 팔을 길게 늘여 해인을 쓰다듬었다.

"안녕, 아가야! 잘 왔어…… 너는 이제부터 해바라기야. 여기 창가에서 무럭무럭 크렴!"

해님은 해인을 꼬옥 안아 주었다. 해인은 그 품속에서 해바라기처럼 환하게 웃었다.

그때 일만 기억하면 해인은 웃음이 절로 나온다. 사실, 기억이 좀 섞인 것 같기는 하다. 하지만 그 따스한 빛의 포옹은 아직도 생생하다. 이 창가는 항상 그 따스함을 기억하게 한다.

그러나 해인은 오늘…… 춥다. 벌써 벚꽃 피는 봄인데, 이 공부방은 무릎 담요를 덮어도 좀 춥다. 다행히 해인은 추위를 많이 타지는 않는다. 동생 방에 들어가서 패딩 조끼 꺼내 와야지. 그거 하나 걸치면 금방 따듯해질 거야.

"누나, 밥 없어."

해인이 방문을 열고 나가자 바로 부엌. 싱크대 앞에서 동생이 쌀을 씻고 있다. 맥가이버 꽁지머리를 하고 돌아다니던 귀여운 동생은 어느새 아빠보다 덩치가 큰 상남자로 컸다.

"언제 왔어?"

해인은 동생이 반가웠다.

"엄마 오늘도 바쁘신가 봐! 비켜, 내가 할게."

"됐어! 언제는 뭐 잘해 준 것 같네?"

녀석의 입이 삐죽 나왔다. 어제 친구들 왔을 때, 저만 라면 안 줘서 그러나 보다. 안 먹는다고 해서 부끄럼 타는 줄 알았다. 중2병을 앓고 있는 동생의 심기는 어떻게 해도 건드려진다. 해인은 슬그머니 물러나 동생 방으로 들어갔다.

"여깄네!"

의자 위에 걸쳐진 패딩 조끼를 집어 들고나오려다 해인은 무심코 거울을 봤다.

별명이 '보노보노', '고구마'인 여고생이 거울에 비친다. 동그란 얼굴 위에 질끈 묶은 포니테일 헤어스타일 때문에 붙은 별명이다. 이놈의 반 곱슬머리는 좀처럼 진압이 되질 않는다. 감고 나서 초스피드로 말린 후에 꽁꽁 묶어 주지 않으면, 머리가 '베티 부프(Betty Boop)'처럼 되어 버린다. 덕분에 고해인 최대의 매력 포인트 '쌍꺼풀이 어여쁜, 반짝이는 눈'이 진가를 발휘할 새가 없다.

"아, 걱정이다. 내일 수학여행 가는데, 아직도 드라이기를 구하지 못했어!"

거기까지 생각이 미친 해인의 눈에 동생의 드라이기가 들어왔다. 거울 옆에 아주 얌전히 모셔진 드라이기. 저거 딱 3일만 빌려주면 좋겠구만. 절대 안 된다고 하겠지? 포기할까? 녀석도 드라이기가 없으면 집 앞 슈퍼도 못 간다는 걸 해인은 잘 알고 있었다.

동생은 벌써 냉장고에서 반찬을 다 꺼내 놓고 식탁에 앉아 있었다.

"저, 있잖아……"

"왜? 아직 밥 안 됐거든?"

동생은 무슨 말만 하려고 하면 쌍심지를 켠다. 휴…… 내가 참자. 지금처럼 중차대한 순간엔! 해인은 분위기 급반전을 위해 비장의 카드를 꺼내 들었다. 그것은 다름 아닌 '미소'였다. 웬만한 사람은 이거 한 방이면 다 넘어간다는 필살기, 고해인표 미소 장전! 해인은 당당히 서서 누구도 거부할 수 없는 환하고 아름다운 미소를 동생에게 마구 쏘아댔다.

"뭔데? 그 썩소는? 보기 싫거든?"

헛, 그…… 그래. 해바라기의 미소는 급봉인되었다. 사춘기의 정 가운데를 지나고 있는 동생은 어느새 철벽남.

"드라이기 좀 빌려줘. 내일 갖고 가게."

해인은 별 수 없이 바로 본론을 얘기했다.

"수학여행이 내일이야?"

"응."

"짐은 다 쌌어?"

"당연하지. 좀 빌려주라."

"……"

동생은 딱 거기서 입을 다물었다.

해인은 다시 창가 책상에 앉아서 휴대폰을 꺼내 톡방을 뒤졌다. 가장 만만한 B의 대화창에 드라이 구함!이라고 타자를 치다가 그냥 닫아 버렸다. 에잇, 왠지 구차하다…… 그냥 3박 4일 동안 꽁꽁 묶고 안 감으면 되지!

해인은 홧김에 서랍을 열고 매니큐어를 찾았다. 빨강, 파랑, 노랑, 형형색색의 매니큐어가 서랍 가득 들어 있다. 해인은 기분이 우울할 때, 그리고 또 기분이 좋을 때도 시시때때로 네일아트를 한다. 창문을 드르륵 시원하게 열어젖히고, 아무거나 손에 잡히는 매니큐어 뚜껑을 열어 본다. 비비드한 느낌의 빅 블루! 마음에 들었다. 그래, 오늘은 너다!

해인은 손톱에 투명하게 발라지는 매니큐어의 질감과 가끔은 정신이 아찔할 정도로 강한 냄새가 좋다. 그 누구도 쉽게 다룰 수 없고, 존재감이 강한 매니큐어. 해인은 사실 그런 사람이 되고 싶다.

빅 블루를 얇게 바탕에 깔고, 그 위에 눈부신 레몬 옐로우를 써서 해인은 천천히 해바라기를 그려 나갔다. 붓질을 그대로 살리는 감각적인 붓 터치. 요즘 해인이 심혈을 기울여 연마하는 기술이다.

호오. 왼손 엄지손톱에 하나를 그려 놓고 입김을 불어 본다. 파란 바탕에 노란 해바라기가 이쁘다. 하지만 뭔가 허전한데? 해인은 갑자기 장난꾸러기 얼굴이 되어서 해바라기 위에 이모티콘 '^.,^'을 그려 넣었다.

크크크! 엄지손톱에 생뚱맞은 '^.,^'은 심히 귀여워 보였다. 좀, 코를 파는 것 같기도 하다. 해인은 그대로 찰칵! 사진을 찍어서 단톡방에 올렸다.

“ㅇㅈㄴ웃겨!”

“진심 고해 손톱임? 웃는 손톱. 크크크.”

“대박! 고해 동생도 그 손톱 어울림! 잘 때 한 번 해 줘 봐!”

까똑, 까똑, 친구들의 반응이 한꺼번에 쏟아졌다. 반응이 반응을 낳는다. 덕분에 해인의 웃음은 점점 박장대소로 넘어갔다. 진짜 잘 때 몰래 해 버려? 남동생을 골려 주는 상상은 언제나 재미있다. 나쁜 누나들은 대화창이 불나게 상상을 쏟아 냈다.

꺽꺽, 해인은 웃다가 거의 숨을 못 쉴 지경이 되었다. 요즘 해인은 한번 웃으면 정점을 찍을 때까지 멈춰지질 않는 게 문제다. 물론 화도 마찬가지.

그때였다. B의 대화창이 열린 것은.

“지금 내려올 수 있어?”

다들 ‘^.,^’ 하나로 뒤집어졌는데, B의 대사는 혼자서 심각했다. 해인은 컥컥 웃으면서도 뭔가가 심상치 않음을 느꼈다. 바로 응!이라고 답을 하는데, 아까 써 놨던 ‘드라이 구함!’이 ‘응’과 함께 올라가고 말았다. 아이쿠! 해인은 그제야 웃음이 멈춰졌다.

창밖을 내다보니 B가 주차장 나무 밑에 서 있는 게 보였다. B의 뒷모습은 많이 힘들어 보였다. 해인은 매니큐어를 정리하고, 일부러 천천히 B에게로 갔다.

“괜찮아?”

해인은 조심스럽게 다가가 B의 손을 잡았다. B는 눈물이 글썽해져서 해인을 바라봤다.

“어…… 그냥.”

뭔가 말하기도 힘든 그런 일인 것 같았다. 그래…… 우린 벌써 열여덟이고, 세상은 좀 냉정하고, 그래…… 말하기도 싫은 그런 일들이 우리에겐 매일 일어나. 아무런 말도 하지 않았지만, 이 모든 걸 해인의 깊은 눈이 말하고 있었다. 해인은 가만히 서 있다가 점퍼 주머니에서 뭔가를 뒤져서 내밀었다.

“먹어. 베지밀 B!”

"그러고 보니 이거 B네! 크크."

B가 겨우 웃었다. 해인도 덩달아 웃는다. 그리고 다른 쪽 주머니에서 또 베지밀을 꺼냈다.

"내건 A야. 너도 알지? 고해인 A형 인간인 거."

"왜 몰라? 너 소심한 거…… 아, 생각난다! 중2 때 그 누구야? 너 좋다고 진실 게임에서 불어버린 남자애. 고해인 눈 예쁘다고 가슴앓이 했다며? 그때 너 소심한 거 알아봤어…… 왜 말을 못하냐고, 좋아하는 애 따로 있다! 소문 좀 그만 내라!"

"아이쿠…… 이제 와서 흑역사는 뭐하러 들추심?"

B와 해인은 투닥투닥 걷기 시작했다. 이들의 대화는 이런 식이다. B는 공격, A는 방어. 그러면서 둘이는 서로를 깊이 이해한다. 서로 모든 걸 나눈다.

벌써 저녁 여덟 시가 넘어서 거리가 어둑한데, A와 B는 수다 삼매경에 빠져서 걷고, 걷고, 또 걷다가 되돌아서 도로 해인의 집 근처까지 왔다.

"그만 들어가. 낼 수학여행 준비 다 됐어?"

"응! 갔다 와서 보자."

"참, 드라이 구했어?"

"엉? 아핫…… 구, 구했어. 너두 참 늦었다야."

해인은 대충 둘러대고 서둘러 B를 보냈다. 왠지 얼굴이 붉어졌다. 까짓것, 그냥 안 감고 다닐래!

"고해인! 이리 와 봐!"

아빠 목소리였다. 어두운 주차장에서 아빠가 차에서 뭔가를 내리고 있었다. 새벽부터 낚시를 가시더니 월척이라도 하셨나? 해인은 아빠한테 뛰어갔다.

"해인아, 아빠가 오늘 많이 잡았다! 우리 해인이 수학여행 가는데 보신시켜야지!"

아빠는 보람찬 미소를 만면에 가득 띠고 커다란 아이스박스 하나를 연신 가리켰다.

"또 붕어야? 아빠?"

"그럼! 좀 보태서 내 팔뚝만 한 것도 있지!"

아빠는 현관문을 열자마자 싱크대로 가서 열심히 붕어들을 손질하셨다. 비릿한 냄새가 온 집에 진동을 하자, 동생은 자기 방문을 꼭 닫고 숨어 버렸다.

"저녁은 드셨어요?"

"그럼, 낚시터에서 한잔 하고 오는 길이지!"

그러고 보니 아빠 입에서 술 냄새가 조금 났다. 해인은 난처한 표정을 지었다.

"아빠, 운전은?"

"괜찮다! 이 녀석, 소주 딱 한 잔 마셨다."

"그래도 조심해야 돼! 아빠!"

해인은 눈에 쌍심지를 켜고 말했다. 해인은 항상 아빠가 걱정이 되었다.

"해인아, 공부는 잘 되냐?"

아빠는 불리하면 꼭 공부 얘기를 꺼내신다.

"응."

"그냥저냥 하면 안 돼! 열심히 해야지! 우리 집에 간호사 선생님 한번 모셔 보자!"

"…… 네."

"근데 니 엄마 올 때 안 됐냐?"

시계를 보니 9시를 살짝 넘겼다.

'아직 한 시간은 남았어요.'

'그럼, 들어가서 공부해라. 엄마 오면 매운탕 끓여 달래자.'

아빠와 해인은 눈으로 그렇게 대화했다.

해인은 다시 공부방에 앉아서 마음을 다잡고 어학기를 켰다. 만약에 의자에 엉덩이 붙이고 앉는 순서대로 성적을 매긴다면, 해인은 전국 1퍼센트 안에 들어갈 자신이 있었다. 하지만 성적은 생각처럼 나와 주질 않는다. 더구나 폭망한 수학 때문에 해인은 입맛이 썼다.

어학기 메모장을 열고, 해인은 오늘의 다짐을 적어 보았다.

'수학여행 갔다 와서, 수학에 더 힘을 쓰자!'

써 놓고 읽어 보니 우습다. 누가 보면 수학을 위해 수학여행 가는 줄 알겠다.

내 품은 너에게 피난처 다른 사람에 나는 버려져 사랑 그 끝은 까만 터널 속 보이지 않는 길이 나는 너무 두려워 태양이 내리쬐는 붉은 사막처럼 목말라 울고 있는 사람처럼 kiss me ma baby

어학기에서 랜덤으로 mp3가 돌아간다. 티아라의 〈데이 바이 데이(Day by Day)〉. 해인이 무척이나 좋아하는 노래. 해인은 멜로디를 흥얼거리며 다시 매니큐어 서랍을 열었다.

이번엔 발톱이다. 손톱은 너무 잘 보여서 실험적인 작품을 할 수가 없다. 해인은 책상에 발을 올리고 다시 빅 블루 매니큐어를 열었다. 열 발가락에 세심히 칠한 바탕이 마르기를 기다려 그 위에 민들레를 살포시 그려 준다.

오른 발톱에는 샛노란 민들레를, 왼쪽 발톱에는 하얀 민들레 홀씨를.

해인은 시계방 노인네처럼 몸을 구부리고 작은 발톱들에 민들레 홀씨가 흩날리는 걸 차례차례 그려 나갔다.

"아! 10시다!"

심혈을 기울인 네일아트가 거의 말랐을 즈음, 엄마가 돌아오실 시간이 되었다.

해인은 얼른 창밖으로 몸을 내밀어 엄마를 찾아보았다. 아니나 다를까 엄마가 가로등 아래서 지친 몸을 이끌고 천천히 걸어오고 계셨다.

"엄마!"

해인은 엄마에게 손을 흔들었다. 가로등 밑에 엄마가 해인을 보고, 달빛 아래 노란 민들레처럼 예쁘게 웃는다. 해인이 항상 마음에 그리는 꽃, 바로 민들레 엄마가 손을 흔든다. 해바라기는 민들레를 닮았다.

“엄마! 이제 왔어?”

해인은 엄마 발소리가 가까이 오자 문을 활짝 열고 엄마를 반겼다. 엄마가 지쳤을까 봐, 해인은 엄마를 꼭 끌어안았다.

‘엄마, 오늘도 정말 수고 많으셨어요. 이제 어깨 펴세요.’

이렇게 말하고 싶었지만, 해인은 그저 엄마를 꼭 껴안고 웃을 뿐이었다.

“여보, 뭐 해? 얼른 매운탕 좀 끓여. 애들 당신만 기다렸는데.”

아빠가 눈치 없이 채근을 했다. 엄마는 다 늦은 시간에 무를 썰고 손질한 붕어를 넣고, 칼칼한 매운탕을 끓였다.

“엄마, 다 됐어?”

제 방에 숨었던 동생도 얼큰 시원한 매운탕 냄새에 항복하고 밖으로 나왔다.

두 남매와 아빠는 식탁에 앉아서 엄마가 국자로 매운탕을 덜어 주는 걸 보며 침을 꿀꺽 삼켰다. 아빠의 낚시를 완성하는 것은 바로 엄마의 매운탕이다.

엄마가 정성껏 끓인 매운탕을 온 식구가 다 같이 한입 떠서 넣을 때, 청양고추와 무가 서로 밀거니 당기거니 신선한 붕어 살과 씹혀지는 바로 그때가, 해인이 집에서 가장 행복한 시간이다.

야참을 너무 많이 먹었는지 쉽게 잠이 오질 않아서, 해인은 벌써 며칠 전에 싸 놓은 가방을 점검이나 하자고 열어 보았다.

“이거 뭐야?”

가방 맨 위에 난데없는 드라이가 들어 있었다. 아무리 봐도 이건??? 게다가 드라이엔 포스트잇이 곱게 붙어 있다.

‘누나, 잘 다녀와.’

누나
잘다녀와 ~

이 녀석이! 해인은 감동했다. 그래서 눈물 같은 게 살짝 맺히려고도 했지만,

“뭐야, 정말!”

책상에 발을 올리고 매니큐어 칠하는 공벌레 같은 해인을 보고 킬킬거리면서, 아무런 기척도 없이 여행 가방 지퍼를 몰래 열고 드라이를 집어넣는 동생을 상상하니 뭔가가 꽤, 괘씸해졌다. 생각할수록 우습게 되었네?

“그래, 크크크. 잘 다녀올게 동생아! 엄마 아빠 잘 보고 있어.”

해인은 드라이기가 동생인 듯 한 번 쓰다듬고, 가방에 넣고 지퍼를 닫았다.

그때, 해인은 해바라기처럼 활짝 웃고 있었다.

Be Alright

안산 단원고 2학년 1반 **김민지**

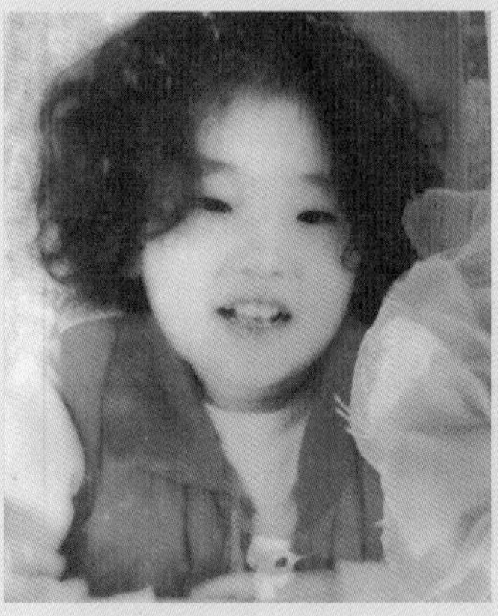

1. 고등학생이 되던 해 다섯 친구 재은, 윤희, 민지, 윤정, 혜선.

2. 어릴 적 민지. 아빠가 지갑 속에 품고 다니던 사진.

3. 고등학교 2학년이 되는 어느 날, 좋아하는 고기를 먹었다.

Be Alright

민지는 노래연습실 의자에 가방을 내려놓고 핸드폰을 꺼냈다.

"아빠! 나 선부동에 도착했어. 아빠는 뭐해?"

"꽁민지, 뭐하긴, 일하지."

학교를 마치자마자 통화를 해 놓고선 민지는 또 아빠에게 전화다.

"아빠~ 이번 주말에 오디션인 거 말했쥐~잉? 이따가 혜원이 집에 가서 강아지 보고 갈 거양. 앙! 앙! 앙!"

장난스러운 민지 말투에 친구들이 까르르 웃었다. 친구들은 민지가 아빠에게 애교 넘치도록 친근하게 구는 게 신기했다.

민지는 통화를 끝내고 친구들과 함께 동물 모양 옷을 골랐다.

"난 고양이, 민지 넌?"

"민지는 미키마우스 옷 입어야 하는데."

생쥐 모양 옷이 없다며 투덜대는 재은이 말에 민지는 옷 하나를 번쩍 들어 보였다.

"여기 있다, 쥐. 강아~쥐."

친구들은 민지를 민쥐라고 불렀다. 민지도 평소에 그 별명을 적극 활용했다. 아빠는 민지가 작은 콩 같다고 꽁민지라고 불렀다. 작은 건 콩도 쥐도 마찬가지였다.

"이러고 분위기를 잡겠다고?"

동물로 변신한 다섯 친구는 서로를 보고 키득거렸다.

"뭐 어때, 노래만 잘 부르면 되지."

아이들이 청소년문화의집 노래연습실에 모인 이유는 민지가 볼 오디션이 이번 주말로 다가왔기 때문이었다.

민지가 가수 오디션을 보고 싶다는 말을 했을 때 친구들은 매니저를 자처하고 나섰다. 혜선이는 평소 자신의 패션 감각을 부러워한 민지를 위해 옷을 빌려주고 오디션에 낼 프로필 사진을 찍어 주었다. 학교 빈 음악실에서 민지를 위해 피아노로 음을 짚어 주기도 했다. 윤정이와 재은이도 화랑유원지에 가서 민지가 맘껏 소리를 질러도 부끄럽지 않도록 함께 있어 주었다. 그렇게 음악 파일까지 완성한 민지는 며칠 전 '열정 가득한 열여섯 살 김민지라고 합니다. 열정하면 저고, 노력하면 저입니다'로 시작하는 의욕 넘치는 오디션 서류를 덜컥 접수해 버렸다.

방과 후 보컬팀으로 활동하며 전문가 도움 없이 혼자서 쌓은 실력이지만, 민지는 꼭 도전해 보고 싶을 만큼 노래를 좋아했다. 도전하지 않으면 아무것도 이룰 수 없다는 것을 알고 있었다.

오늘은 무대에 서면 몸이 떨리는 긴장감도 극복할 겸 친구들 앞에서 실전처럼 해 볼 생각이었다.

"친구, 우리가 널 위해 엄청 수고해 주는 거 알고 있지?"

윤정이가 민지 어깨에 팔을 두르며 농담을 했다.

"이 정도는 해 줘야 친구지잉?"

민지가 윤정이에게 폭 안기며 콧소리를 냈다.

그때 누군가 물었다.

"그러고 보니, 우리 다섯 명이 뭉치게 된 게 1학년 때 민지 덕분이지 않니?"

맞아, 맞아 하는 친구들 말에 민지가 에헤헤 웃었다. 중학교에 갓 입학한 때가 생각나서였다.

입학을 한 3월엔 처음 입어 본 교복과 낯선 환경으로 모든 게 어색했지만 민지는 적극적으로 친구를 만들기로 했다. 눈꼬리가 살짝 올라가 사납겠다는 선입견을 깨뜨려

줄 좋은 기회였다.

민지는 평소처럼 팔랑팔랑 팔을 흔들며 책상 사이를 빠져나가 옆 분단으로 건너갔다. 왁자한 등굣길에서 눈에 콕 박힌 아이가 같은 교실에 있었다.

"너 나랑 친구할래? 나 김민지야."

혜선인 갑작스러운 민지 등장에 당황했지만 먼저 말을 걸어 준 게 싫지는 않았다. 민지는 용기를 얻어 재킷에 쓰인 이름을 불렀다.

"혜선아, 나 아침에 교문에서 너 봤어."

다음 날 민지는 같은 초등학교를 나와 낯이 익은 윤정이가 재은이와 함께 있는 것을 보고 다가가서 어제처럼 친구 신청을 했다. 그렇게 해서 각각이었던 민지, 윤정, 윤희, 재은, 혜선이는 중학교 3년 내내 주먹밥처럼 뭉쳐 다니게 되었다. 민지는 저도 모르게 흩어진 밥알을 꽁꽁 뭉치는 역할을 한 것이다.

짜라랑, 탬버린 소리에 민지는 현실로 돌아왔다.

"그때 먼저 말 걸어 준 내가 엄청 고마웠지?"

재은이가 동그란 예스 사인을 보냈다.

"민지는 담임 선생님도 엄청 좋아했잖아."

"김화인 샘? 선생님은 그때도, 지금도, 앞으로도 쭈~~욱 좋아할 거양."

이번엔 민지가 예스 사인을 했다.

민지는 1학년 때 담임인 김화인 선생님을 무척 좋아했다. 선생님만 보이면 친구들을 버려두고 뛰어가 안기고 팔짱을 꼈다. 그때마다 민지 얼굴엔 무한 사랑이 뚝뚝 넘쳐났다. 2학년이 되어서도 순전히 담당 교사가 김화인 선생님이라는 이유로 친구들을 모두 끌고 영화 동아리에 들어갔다. 친구들은 선생님을 따르는 민지와, 민지를 따뜻하게 품어 주는 선생님을 딸과 엄마라고 말할 정도였다.

동아리 활동으로 영화를 보고 많이 울던 날도 그랬다.

재은이 팔에 매달려 영화관 입장을 기다리던 민지는 여느 날처럼 선생님을 발견하고 뛰어갔다. 매표소로 가는 선생님을 따라잡아 뒤에서 허리를 꼭 안았다.

"샘, 저예요."

"그래, 민지야."

선생님이 민지 어깨를 감싸자 민지가 까르르 웃었다. 가늘고 높은 웃음소리는 민지만이 낼 수 있었다. 멀리서 웃음소리만 들어도 민지라는 걸 알 정도였다.

그날 볼 영화는 〈그대를 사랑합니다〉였다. 노년의 로맨스라는 타이틀에 다들 크게 기대를 하지 않는 눈치였지만 민지는 선생님 옆에 앉을 수 있어서 좋기만 했다.

영화가 중반을 넘어서자 여기저기서 훌쩍이기 시작했다. 민지도 감정을 누르며 휴지로 눈물을 훔쳤다. 엔딩컷이 올라가고 영화관 불이 켜졌는데도 민지는 울음을 멈출 수가 없었다.

"그만 울어."

윤정이가 등을 토닥였지만 소용없었다. 울음을 주체하지 못하는 것을 보고 선생님이 다가와 민지를 안아 주었다.

"아휴, 민지는 웃음도 많고 울음도 많구나."

선생님 말처럼 민지는 세상 걱정 다 날려 버릴 것 같이 시원스레 웃다가도 슬픈 것을 대할 때면 함께 우는 아니 더 크게 울어 버릴 정도로 마음이 여렸다.

드디어 민지가 목소리를 가다듬고 마이크를 잡았다.

오디션에서 부를 노래는 나비의 〈길에서〉였다. 밝고 활달한 성격대로라면 댄스곡을 고를 것 같았지만 민지는 의외로 차분한 중저음의 이별 노래를 선택했다.

피아노 반주가 흐르고 민지가 낮은 목소리로 노래를 시작했다. 언제 웃고 떠들었냐는 듯 다들 진지한 표정으로 민지를 보았다. 한껏 감정을 실은 민지 노래에 친구들이 어깨동무를 하고 리듬을 탔다.

한 번만 더 한 번만 더 보고 싶어서 마른 하늘에 널 그렸어

노래가 클라이맥스로 다다르자 오디션을 위한 실전연습이라는 것도 잊고 모두가

자리에서 일어나 합창을 했다. 4명이 코러스를 넣다가 보컬 차례가 되면 허밍으로 이어갔다.

이 길에서 널 만날 수 있다면 그날처럼 널 보내지 않을 거야
눈물이 멈춘대도 너를 지울 수는 없을 것 같아
꼭 돌아와 날 안아 줘

친구들이 물개박수를 쳤지만 민지는 입을 삐죽거리며 다시 반주기 시작 버튼을 눌렀다. 아무래도 노래가 만족스럽지 않았다. 친구들 응원에 몇 번 더 노래를 부른 민지는 목을 아끼기 위해 마이크를 놓았다. 며칠 남은 시간 동안 부족한 부분을 집중 연습하기로 했다.

청소년문화의집을 나온 민지가 간 곳은 혜선이네 집이 아니라 케이크를 직접 만들 수 있는 가게였다. 강아지를 보러 간다는 건 아빠 생신 준비를 위한 반짝 거짓말이었다.

"아직 아빠 선물 결정 못 했어. 너희는 뭐 드렸다고 했지? 아무래도 실용적인 게 좋겠지?"

또 시작이다. 일주일 내내 민지가 친구들에게 한 질문이었다. 끈질긴 민지 물음에 친구들까지 고민이 될 정도였다. 그래서 나온 아이디어가 아빠 생신 케이크를 직접 만들자는 것이었다.

"하여간, 민지가 가족들 생각하는 건 아무도 못 따라갈 거다."

맞다. 민지는 세상 무엇보다 아빠와 오빠가 우선이었다. 걸음마를 시작할 때부터 민지에게 아빠는 아빠도 되고 엄마도 되었다. 엄마에게 하듯 아빠 앞에서 학교 이야기를 조잘대고 배운 노래를 하고 춤을 추었다. 크면서는 꼼꼼하고 운동을 좋아하는 아빠를 저절로 닮아 갔다.

어릴 적 오빠는 항상 민지 손을 잡고 다녔다. 골목에서 친구들과 놀 때도, 아이스크

림을 사러 갈 때도 민지를 챙겼다. 어쩌다 동생이 다치기라도 하면 제 탓인 양 미안해 하고 안쓰러워했다.

민지는 어린 시절 자신을 돌보던 오빠도 겨우 두 살 많은 아이였다는 걸 얼마 전에야 깨달았다. 이제 오빠는 더 이상 손 같은 건 내밀지 않는 무뚝뚝한 상남자가 되었다. 귀찮을 정도로 심부름을 시켜서 나쁜 놈이라고 흉을 볼 때도 있지만, 정작 친구들이 물으면 잘생긴 오빠라며 자랑을 했다. 지난 오빠 생일엔 친구들에게 생일 축하 메시지를 받은 후 과자 봉지 하나하나에 메모를 붙여서 선물 상자를 만들고 게임 마니아에게 맞춤한 상품권과 함께 오빠에게 주었다.

민지가 진열장 유리문 너머에 있는 빵을 꼭 집었다.

"싸랑하는 아빠에겐 당연히 하트지."

민지는 우선 하트 모양 케이크 시트를 골라 놓았다. 생크림은 무슨 색으로 할지, 생크림을 콕콕 찍어 두를지, 빙글빙글 돌릴지, 러블리 꽃 모양 장식이 좋은지 귀여운 쿠키모양이 좋은지, 글씨는 어떻게 쓸지, 민지는 한 단계를 넘어갈 때마다 신중했다. 친구들에게 예쁘게, 더 예쁘게 를 외쳐 대며 아빠를 위한 케이크에 정성을 들였다.

민지는 제 손으로 만든 아니, 친구들 우정으로 완성된 케이크 상자를 가슴에 안았다.

"아빠가 좋아할까?"

"당연하지, 감동 또 감동하실걸."

「잊지마. 화이트 & 블랙이다.」

카톡방에 공지가 떴다. 오늘은 각자 다른 고교로 진학을 해서 흩어지게 된 다섯 명이 재은이 생일을 핑계로 만나는 날이었다. 그 기념으로 흰 티셔츠에 검정 바지로 옷을 맞춰 입고 사진을 찍기로 했다. 중학교 3년 동안 몰려 다녔으면서도 이상하게 다섯이 찍은 사진이 한 장도 없었다.

민지는 친구들을 만나기 전에 할 일이 있었다.

"이모, 닭볶음탕 어떻게 해? 저번에 해 준 거 너무 맛있어서 내가 해 보려고."

"네가? 정말 할 수 있어?"

민지 전화에 이모가 웃음부터 터뜨렸다.

"당연하지. 닭도 준비 완료."

민지는 아빠의 오래된 여자 친구를 이모라고 불렀다. 어릴 적 민지는 낯을 가리지 않고 무릎에 앉고 품에 파고들면서 이모와 자연스럽게 친해졌다.

밝고 활기찬 이모는 민지에게 따뜻함과 비타민을 만들어 주는 햇볕 같은 존재였다. 이모가 해 주는 음식도 맛있고, 태안 바닷가로 놀러가 이모네 친척들과 떠들썩하게 어울리는 것도 재밌고, 명절이나 졸업식 때 이모가 함께 있어 주는 것도 좋았다.

어느 날은 몸이 아파 학교를 조퇴하며 전화를 걸었는데, 잘 먹어야 한다며 당장 챙겨 주지 못해 미안해하는 이모 목소리 덕분에 기분이 나아진 적도 있었다. 또 생리를 하는 친구들을 보고 겁이 나서 이모를 찾아간 적도 있었다. 아무리 가까운 가족이라도 남자에게는 도저히 말할 수 없는 일이었다. 그 후 첫 생리를 하게 된 민지는 도움을 준 이모가 더없이 소중했다.

이모의 레시피 대로 간을 맞춘 닭볶음탕 국물이 자작자작 졸아들었다.

"이모, 이모가 해 준 거랑 모양은 비슷해. 맛은? 아이, 몰라. 내가 한 거니까 아빠랑 오빠는 무조건 맛있게 먹을 거야."

이모는 처음 한 요리에도 자신만만해하는 민지가 귀여웠다. 우유병을 손에서 놓지 않던 아기가 예쁘고 당당하게 자라 준 게 대견했다. 적극적이고 애교까지 넘치는 민지를 사랑하지 않을 수 없었다.

민지는 가수 오디션에서 몇 차례 떨어졌다. 여전히 노래가 좋고 노래를 부를 때가 행복했지만 열성만으로 꿈을 이루기에는 부족했다. 그래서 노래 말고 다른 좋아하는 것이 무엇인지 스스로에게 물었다. 노래가 아니라면 당연히 애완동물들이었다. 혜선이네 집에 있는 강아지 소백이와 윤희가 키우는 고양이를 볼 때마다 너무나도 사랑스러웠다. 품에 안으면 느껴지는 작고 여린 맥박에 돌봐 주고 싶은 마음이 절로 생겼다. 집에서 애완동물을 키우지는 못하지만 동물이 나오는 티브이 프로그램은 놓치지 않고 챙겨 보았다.

민지는 집을 나서며 동물들과 함께할 수 있는 직업을 알아봐야겠다고 생각했다.

다섯 친구가 사진관에 모였다. 친구들이 소품 하나씩을 골랐다. 민지는 미키마우스 귀가 달린 빨간 머리띠를 하고 알파벳 V를 들었다.

'L.O.V.E.♥' 다섯이 만들어 낸 우정의 표시였다.

사진관을 나온 친구들은 나란히 걸었다.

"우리 스무 살이 되면 뭐할까? 뭐하고 싶어?"

"당연히 클럽에 가서 춤춰야지."

"민지는 클럽에서도 팔랑팔랑 손을 흔들 거야."

누군가 평소 민지 행동을 흉내 냈다.

"예쁜 옷도 사고 여행 가자."

"술도 마셔야지. 남친도 사귀고."

저마다 소망을 쏟아냈다.

"우리 반지 맞출까? 그건 당장 할 수 있잖아."

즉석에서 의견이 모아졌다. 재은이는 반지에 문구를 새기자고 했고 민지는 세련된 검은색이 좋겠다고 했다.

그때 혜선이가 맞은편을 가리켰다. 아줌마들이 왁자하게 웃으며 걷고 있었다.

"나이 들어서도 저 아줌마들처럼 재밌게 지냈으면 좋겠어."

"그래, 우리 스물, 마흔, 예순까지 만나자. 배신하기 없기다!"

친구들도 아줌마들처럼 깔깔거렸다.

"그러지 말고 다 같이 사는 건 어때? 1층엔 윤정이, 2층엔 재은이, 3층엔 민지……"

재은이 말에 혜선이가 재빨리 말을 받았다.

"좋아, 난 강아지도 데려갈 거야. 보고 싶으면 내 방으로 와."

이번엔 민지가 말했다.

"고민 있으면 내 방으로 오고. 비밀은 절대적으로 보장. 내가 긍정 에너지를 팍팍 넣어 줄 거야. 알았지?"

민지는 늘 친구들에게 고민이 있으면 털어놓으라고 말했다. 몸은 자그마해도 마음은 퍽 넓은 아이였다.

"맞다. 지난번에 친구들이 싸운 일 있잖아, 신기하게 민지 말대로 해결된 거 있지."

민지는 혜선이에게 그 이야기를 들었을 때 걱정하지 말라고, 잘될 거라고 말해 주었다.

민지가 노래를 흥얼거렸다. 윤정이가 가사를 적어준 〈비 올라잇(Be Alright)〉이었다. 용기와 힘을 주는 노랫말에 비스트의 멤버 양요섭이 함께한 곡이어서 민지 마음에 쏙 들었다. 민지에게서 솟아나는 긍정 에너지의 원천은 노래일지도 모른다.

민지는 친구들을 양팔로 꼭 붙들었다. 겨울바람이 하나도 춥지 않았다.

이제는 너의 뒤에 서 있을게
언제나 너의 곁에 지켜 줄게
환하게 길을 비춰 주는
한줄기 빛이 되어 줄게
서로의 힘이 되어 주기로 해
우리 함께
Everything gonna be alright alright alright

"아빠, 집으로 가고 있어. 나랑 같이 밥 먹자. 사랑해 아빠."

어느 새 민지는 아빠에게 또 전화를 하고 있었다.

그러니까 민희는

안산 단원고 2학년 1반 **김민희**

1. 고잔동에서 어린 시절을 보낸 민희. 언제나 함박웃음을 짓는 아이였다.
2. 2009년 정필 클레이 시험장에서 엄마와 민희. 민희는 이때 1급 강사 자격증을 땄다.
3. 민희 고등학교 입학 증명 사진. 1학년 8반.

그러니까 민희는

쌀쌀한 바람이 불어오는 사월. 단원고등학교 아랫길에 줄지어 서 있는 주택들 사이. 혼자 총총히 걸어 들어가 본다. 민희네 집은 어디일까? 엇비슷한 집들 사이를 헤매다 민희 집에 전화를 건다. 민희 엄마의 낮게 잠긴 목소리가 들린다.

"바로 앞이군요. 코앞에서 찾고 있었네요."

어줍게 전화를 끊고는 민희네 집으로 들어선다. 민희 엄마, 민희 아빠, 민희 언니와 인사를 나눈다.

단정하고 소박한 민희네 집 안. 낮 햇살이 깃들어 있는 거실. 눈앞을 사로잡는 빨강, 노랑, 초록, 보라…… 화사한 색감들. 거실은 온통 민희의 점토 작품들로 가득하구나. 거실 벽면, 천장 가까이까지. 마치 민희의 점토 작품을 위한 작은 전시관 같다.

다람쥐, 토끼, 곰, 돼지, 너구리가 노래라도 하듯이 떡갈나무를 에워싸고 있는 정경, 주렁주렁 열린 감을 따려는 아이들, 화려한 깃털의 앵무새 두 마리, 밤하늘의 별자리 동물들…… 수많은 민희의 점토 작품들. 민희 작품만큼이나 민희 사진도 잘 보관되어 있겠구나.

"민희가 커서는 사진 찍기 싫어해서요."

사진을 꺼내 오는 민희 엄마 목소리가 아리다. 민희가 어렸을 때 찍은 사진은 많지만 십대, 사춘기라는 연령대를 통과하는 시절의 민희 사진은 드물구나. 왜 이 또래 아이들은 사진 찍는 걸 싫어하는 걸까.

민희 가족과 민희 사진을 하나하나 살펴본다. 최근이라고 말할 수 있는 사진에서 1997년 4월 19일, 최 산부인과에서 민희가 태어난 날까지. 사진에 담겨 있는 민희의 존재를 더듬어 본다.

2014년 4월 16일에 가장 가깝게 찍은 것은, 1월에 가평과 강릉으로 다녀온 가족 여행 사진. 민희 아빠는 사진 찍기 싫다는 민희를 어르고 달래서 겨우 한 장을 찍는다. 가족 여행 사진 속에서 민희는 새빨간 점퍼를 입고 있다.

“이 사진이 가장 최근 사진인데 급하게 찍어서 민희 얼굴이 선명하지 않아요.”

민희 엄마가 흐릿한 민희를 들여다보며 말한다.

4월 16일에 가까운 그다음 사진은 민희가 1학년일 때, 그러니까 2013년 단원고등학교 1학년 8반 시절. 민희 엄마, 민희 아빠, 민희 언니가 민희를 찾아 짚어 준다.

“가운데 서 있는 애가 민희와 친구 수경이에요.”

아이들과 방에서 찍은 사진이구나. 민희와 수경이는 서 있고, 두 아이를 다른 아이들이 꽃 이파리인 양 둘러싸고 앉아 있네. 그러니까 민희는 쾌활한 아이였던가, 명랑한 아이였던가, 반에서 인기는 많았던가.

우리는 민희네 집 거실 바닥에 앉아 사진을 펼쳐 놓고 있다. 더듬더듬 민희를 기억하려고 한다. 살며시, 조심조심. 기억이 흩어지면 안 되니까, 기억이 바뀌면 안 되니까, 조용히 사진을 들여다본다.

아이들이 단체복을 맞춰 입고 있는 사진. 파란 바탕에 하얀 별들이 무진장 그려진 바지를 입은 소녀들. 음악에 맞춰 떼춤을 추고 있는 듯하다. 그 안에서 민희가 춤을 추고 있구나.

입학식. 교복을 입고 아이들 속에서 웃고 있는 민희는 구김살 없는 얼굴, 입학이라는 설렘이 피어나는 웃음을 짓고 있구나. 이때 전까지는 민희 사진이 별로 없다. 어쩌다 사진을 찍었더라도 웃고 있지 않다. 중학교에 들어간 민희는 말수도 적어지고, 웃지도 않는다.

사진 속에 중학교 2학년인 민희는 친구와 수원 화성에 갔다 온다. 방학 숙제였을까? 친구와 둘이서만 처음으로 멀리 가 본다. 중학교를 다니는 동안 시무룩하니 말수 적어진 민희가 이때는 웃고 있다. 이때부터 사춘기였을까. 집에서는 무뚝뚝한 아이. 학교에서 있었던 일, 친구들과 있었던 일 같은 건 엄마한테나 아빠한테도 조잘대지 않는다. 집에서는 점토 만드는 데 시간을 많이 보내곤 했단다. 아빠는 딸아이가 집 안에서 시간을 보내는 모습에 안심한다. 아이들이 집 밖으로 나도는 건 아빠한테는 두려운 일이고 걱정되는 일이다. 민희가 점토 만들기에 취미 붙인 것이 좋다. 민희가 말하면 마다 않고 값이 비싼 재료도 마련해 준다.

민희가 초등학교 2학년 때, 민희 언니가 4학년 때에 두 아이는 점토 학원에 다닌다. 엄마는 딸들 손을 잡고 동네 한 바퀴, 산보 삼아 거닐다가 학원을 발견한다. 점토 만들기를 가르치는 학원이다.

엄마는 딸아이들이 아기자기 깜찍한 점토 인형을 만들어 내는 것이 좋다. 작은 손으로 빚어내는 인형을 볼 때마다 빙그레 웃음이 흐른다.

민희는 언니처럼 예쁘게, 언니보다 멋지게 만들고 싶어진다. 두 살 많은 민희 언니는 솜씨가 좋다. 민희는 어설프지만 꾸준히 점토를 쪼물댄다. 점토를 만지작거리노라면 시간 가는 줄 모른다. 민희 언니는 점토 만들기가 지루하다. 한곳에 박혀 앉아 있는 것이 답답하기만 하다. 싫증이 난 언니는 곧 학원을 그만둬 버리지만…… 민희가 점토 배우기를 멈추지 않는다. 금세 민희가 두 살 많은 언니 솜씨를 따라잡는다. 민희가 언니보다 잘하는 것이 생겼다. 크리스마스 전나무와 산타클로스, 붉은 호박, 전통 혼례 치르는 신랑 각시 인형, 앙증맞은 동물 인형…… 민희는 만들기가 좋다. 민희의 작품이 집 안을 채우기 시작한다. 민희의 기량은 높아져서 2010년 1월, 아직 초등학생일 때, 점토 교육 강사 자격증을 딴다. 한국클레이교육협회 강사 자격증 속에 민희 모습은 총명하고 야무지다.

민희 아빠는 민희를 자랑하고 싶다. 친척들이 집에 오면 작품 자랑을 늘어놓는다. 자랑 때문만이 아니라, 민희 솜씨를 알기에 친척들은 민희 작품 액자들을 탐낸다. 민희의 집, 그러니까 민희의 작은 전시관을 방문한 친척들은 하나만 주면 안 되냐고 조르고 아빠는 못 이기는 척 민희의 작품을 베푼다. 떼쓰듯 작품을 달라곤 하는 게 민희는 너무 아깝고 싫다. 하지만 아빠는 친척들에게 민희 작품을 선물한다. 민희는 토라진다. 그런 민희를 아빠가 구슬린다. 친척들은 민희에게 용돈을 건네고 아빠도 용돈을 주면서 민희를 달래곤 한다.

민희의 속마음은 어땠을까. 작품이 사라지면 민희는 다시 새로운 걸 만들고, 큰 작품에 도전해 보기도 한다. 조용히 차분하게 무언가를 만든다. 어느 날은 민희가 슈퍼마켓에서 과자 만들기, 빵 만들기 도구를 산다. 조물조물 밀가루 반죽을 빚는다. 민희가 빵과 과자를 굽는 날은 가족들이 함께 시식을 한다. 민희 아빠는 먹고 싶지 않다. 달다. 달아도 너무 달다. 아이들 입맛엔 맞을지 모를까, 어른 입맛엔 별로다. 시식이 아니라 실험당하는 느낌이랄까.

"아빠, 맛있어? 좋아?"

"으응, 달달하니 맛 좋네."

가족들은 민희의 서툰 솜씨를 알고 있다. 민희가 만든 과자와 빵 맛은 괴롭다. 그렇지만 맛있다고 먹는다. 민희가 민희네 집에 사는 동안 이러한 낮과 저녁들이 오갔겠지.

민희는 단원고등학교에 가고 싶지 않다. 안산시에 있는 실업계 고등학교에 가고 싶다.

"나 특성화고등학교에 갈래. 특성화고등학교가 취업도 잘된대. 관광이나 호텔 쪽 일 배우고 싶어."

민희 엄마가 민희를 설득한다. 아빠가 집 앞에 있는 단원고등학교에 가라고 부추긴다.

"엄마도 반대야."

"아빠도 싫어. 아빠가 왜 이렇게 열심히 일하는지 알아? 너하고 언니 때문이잖아. 한국 사회는 말야, 대학을 나와야 한다고. 대학을 나와야 모든 게 유리하고 순조롭게 풀려. 아빠는 싫다. 나는 네가 꼭 대학 가면 좋겠어. 요즘엔 대학생들이 등록금 낼 돈이 없어서 대출도 많이 받는다고 하는데, 엄마 아빠는 너희 둘, 빚 없이 대학교를 보낼 거야. 일단 대학 졸업하고 나서는 네가 원하는 대로 해. 그땐 네가 뭘 하고 싶어 하든 말리지 않을게. 언니처럼 단원고등학교에 원서 쓰자, 응?"

민희는 부모의 바람대로 단원고등학교에 입학한다.

교복을 입은 민희 얼굴은 이제 아가씨 티가 나기 시작한다. 살도 빠지고 키도 자라서 언니를 훌쩍 넘어선다. 민희 언니가 갸름하고 예쁘장한 아가씨라면 민희는 늘씬하고 키가 큰 아가씨. 민희와 민희 언니는 19개월 차이가 나는 자매. 동생과 겨우 두 살 차이인 언니는 어릴 때부터 동생에게 뭐든 양보하고, 꼭 붙어 지내야 했다. 귀찮기만 하던 동생, 민희가 단원고등학교 1학년이 되었다. 민희 눈에는 고3인 언니가 여전히 예쁘고, 무엇이든 잘하고, 친구도 많고 쾌활한 멋진 사람이다. 민희는 언니처럼, 언니 못지않게 잘하고 싶다. 공부든 그게 무엇이든 간에.

어릴 때부터 모아 두던 민희 상장이 늘어난다. 아빠는 민희 상장을 하나하나 코팅해 두었다. 동계 방학 계획표 만들기, 학급 체험 활동 보고서 쓰기, 친구 자랑 광고 만들기, 직업 체험 페스티벌 소감문 쓰기, 학력 우수상, 모범상, 인성과 행동 및 교과 학습 우수상, 아낌상, 교통 안전 예방을 위한 표어 포스터 글짓기 대회상, 봉사상, 수련회 소감문 쓰기, 자기 주도적 학습 싱실싱, 학교 폭력 예방을 위한 영어 인성 발달 프로그램으로 실시된 영어 UCC 대회, 교내 영어 스크래블 토너먼트 대회, 인권 신장을 위한 교내 자기주장 발표 및 시낭송, 표창장……

그러니까 민희는 학교에서 적극적인 아이였구나, 활달한 아이였겠구나. 근데 집에서 민희는 달리 말이 없다. 대꾸도 별로 없고 잘 웃지도 않는다.

찬찬히 기억을 더듬는다. 조심조심 더듬는다. 상처보다는 민희 자체를, 우리가 기억할 수 있는 민희를 위해. 민희 엄마와 아빠는 민희가 대학에 가기만 바랐을 뿐 정작 민희가 무얼 하고 싶어 하는지 모른다. 민희는 딱 부러지게 무엇이 되겠다고 고집하지 않았으니까. 민희의 최근 꿈이 무엇이었는지 모르겠다. 언니가 머릿속을 헤쳐 민희의 장래 희망을 찾아낸다.

"민희는 문헌정보학과를 지원할까 생각했어요. 책을 좋아하니까. 글 쓰는 것도 좋아하고, 그래서 사서가 되는 것도 좋겠다고 생각했어요."

엄마도 아빠도 민희에게 무엇이 되라고, 어떤 일을 해야 한다고 말하지 않았다. 그런 것은 스스로 하는 것이라 여겼으니까. 그러니까 그즈음에도 민희와 그다지 많은 대화가 오가지 않았던 것이다. 그다지 속 썩일 일도 없었으니 문제가 되는 일은 아니었다.

고등학생 1학년 민희는 3학년 언니보다 더 열심히 공부한다. 언니가 12시에 자면 1시까지 공부한다. 그렇다고 민희가 언니보다 성적이 좋은 건 아니다. 민희는 요령이 없다. 무조건 처음부터 끝까지 다 꼼꼼하게 읽고 외운다. 그러니까 시간이 많이 걸리는 거다.

"야, 중요한 거만 봐야지. 그걸 다 하니? 너, 고3이랑 경쟁하냐?"

언니는 고3 스트레스를 쏟아 내고 싶은데 동생이 마냥 책상을 붙들고 있으니 짜증난다. 게다가 민희는 이성에 대한 관심도 안 보인다. 화장을 하지도 않는다. 엄마 아빠는 내심 민희한테 기대를 건다. 소띠 민희. 소처럼 우직하게 공부하다 보면 언니 못지않은 좋은 결과가 있을 거라고. 아직 애쓰는 것만큼 성적이 나오지 않는 것뿐이라고 생각한다.

그러니까 소띠 민희. 소 같은 민희는 안산에서 나고 자랐다. 고등학교 2학년 4월이 될 때까지 평생 한방을 쓴 친구이자 선배인 언니가 늘 곁에 붙어 있으니 외롭지 않게. 열 살까지 민희 사진들에서 민희 얼굴은 함박 웃는 모습들이다. 민희 옆에는 늘 언니가 있다. 민희가 언니와 자신이 다르다고 알아차리기 시작한 것은 아홉 살 즈음, 초등학교에 들어가고 나서이다. 민희는 언니에게 배신감을 느낀다. 운동회에서 민희와 언니는 백군과 청군으로 나뉜다. 언니는 청군이고 민희는 백군이다.

"백군 져라, 백군 져라. 분명 내일 백군이 질 거야."

"언니 나빠! 나보고 지래! 아빠한테 이를 거야!"

민희는 아빠한테 편지를 쓴다. 아빠는 지방에 내려가 일을 하고 있다. 민희가 태어나고 나서, 들이닥친 미국발 금융 위기는 아빠를 안산에 머물지 못하게 했다. 아빠는 건축 자재를 운송하는 트럭을 몬다. 보고 싶은 아빠에게 민희가 편지를 쓴다.

아빠 언제 와. 궁금해. 아빠 근데 언니 혼내 줘. 나만 백군이라고 떨어져서 가래.
그것도 나쁘지. 아빠 감사합니다. 아빠 돌아오면 내가 사탕 줄게. 그리고 빨리 돌아와.
몇 가지만 더. 아빠 거기 시계 있어? 안 없어? 아빠 나 체르니랑 소곡집도 응원해 줘.
아빠 이거 다시 말해 줄게. 아빠 무지무지 사랑해요. 아빠 신발 조심.
-아빠 어버이날 땅겨서 민희가

아빠는 가끔씩 민희 편지를 본다. 딸들과 아내를 안산에 남겨 둔 채, 떨어져 지내서는 안 되겠다는 생각을 한다. 엄마도 부업을 시작한다. 하지만 아이들한테 떨어져 있는 시간이 길어지면 안 된다는 생각이 든다. 아빠는 안산에 올라와 개인 사업을 시작하고 엄마도 낮 2, 3시면 집에 와 있을 수 있는 일들을 골라 한다. 개인 사업을 시작한 아빠는 새벽에 들어오는 일이 잦아진다. 새벽녘에 민희가 아빠에게 써 놓은 편지를 보곤 한다. 그러니까 민희는 정이 많은 아이다.

민희가 아홉 살 무렵.

민희 몸에 미열이 있다. 엄마는 몸살인 줄 알고, 기운 없이 축 늘어진 민희를 일찍 재운다. 푹 자고 나면 나으려니 여긴다. 일이 끝난 아빠는 동료들과 술 한잔 걸친 후에 집에 들어와서야 민희가 앓는 걸 안다.

밤 10시 민희 몸이 불덩이가 된다. 민희가 놀란 듯이 몸을 부르르 떤다. 민희가 엄마를 알아보지 못한다. 민희 흰자위가 뒤집어진다.

"민희야, 민희 아빠!"

엄마가 민희를 부둥켜안고 소리친다. 아빠가 119에 전화를 건다. 구급차가 도착하자 민희를 고려대학교 안산병원으로 데려간다. 엄마 아빠는 기도한다. 민희에게 별일 없기를. 아프지 않기를.

응급실에 있는 민희는 뇌파를 검사한다. 민희 뇌파가 이상하다. 뇌파가 고르지 않다. 그 이유는 알 수 없다. 앞으로 어떻게 될지도 모른다. 민희의 뇌파가 안정될 수 있기를 바랄 뿐이다. 이때부터 민희는 한 달에 한 번씩 꼬박꼬박 병원에 간다. 1년 동안은 안산병원에서, 또 2년 동안은 구로병원에서 진료를 받고 꾸준히 약을 복용한다. 엄마 아빠는 민희 체력이 떨어지지 않게 애쓴다.

11살. 민희 병이 완치되었다는 의사 소견을 듣는다. 이제부터 민희는 잘 살 수 있을 거라고 믿는다. 그러니까 마음을 놓고 있었다. 그런데 지금 민희는 없다. 아홉 살 때 앓던 병이 다 나았는데 그로부터 아홉 해가 지난 뒤 민희가 없다. 민희가 없는 지금 우리는 기억 여행을 한다. 살며시 조심조심 더듬더듬.

4월 14일. 수학여행 전날. 민희는 신났다. 수학여행. 초등학교 때에는 가 보지 못했던 것. 중학교 때 한 번밖에 가지 못해서 아쉽던 것. 수학여행. 97년생 소띠들의 수학여행.

민희와 엄마는 슈퍼마켓에 가서 장을 본다. 민희가 외식하자고 조른다. 엄마는 그냥 김밥이나 사서 집에서 먹자고 한다. 그러니까, 민희가 열대어를 사 달라고 한다. 이때 민희 카톡 프로필 사진은 만화 영화 주인공인 열대어 '니모'이다. 민희는 니모가 좋다. 민희는 만화 영화를 좋아한다. 한번은 일을 마치고 돌아온 아빠가 민희에게 말한다.

"민희야, 너는 아직까지 만화 영화만 보고 있냐. 이때쯤이면 다른 프로도 봐야지. 사람이 어째 하나만 계속 본다냐."

"난 만화 영화가 좋아."

민희의 점토 작품에도 떼 지어 유영하는 열대어들이 있다. 민희가 엄마에게 열대어를 사 달라고 계속 조른다. 그러나 엄마는 열대어를 사 주지 않는다.

"나중에, 나중에 사 줄게."

엄마는 수족관에 코를 박고 있는 딸아이 손을 잡아끈다. 그러니까 민희는 엄마 손을 꼭 잡고 김밥 가게에 들렀다 집에 온다. 엄마와 김밥을 먹는다. 수학여행 전날까지 민희를, 상처보다는 민희 자체를 기억하기 위해, 민희가 거친 시간들을 찬찬히 더듬는다.

민희를 위한 기억을 더듬으며 나는 기도한다. 지금은 민희가 괜찮기를. 남쪽 바다 위에서 별이 된 민희를 위해 기도한다. 어쩌면 민희가 열대어들을 보았을지도 모르겠다고 미안하고 어색한 목소리로 민희네 가족에게 인사를 건네며 민희의 작은 전시관을 나온다.

민희네 집을 나와 혼자 개활지 건너편에 있는 상아색 천막을 바라본다. 기억이 엉클어지지 않게 가슴팍을 부여잡고 총총히 분향소를 향한다.

나는야 친구들 고민 해결사

안산 단원고 2학년 1반 **김수경**

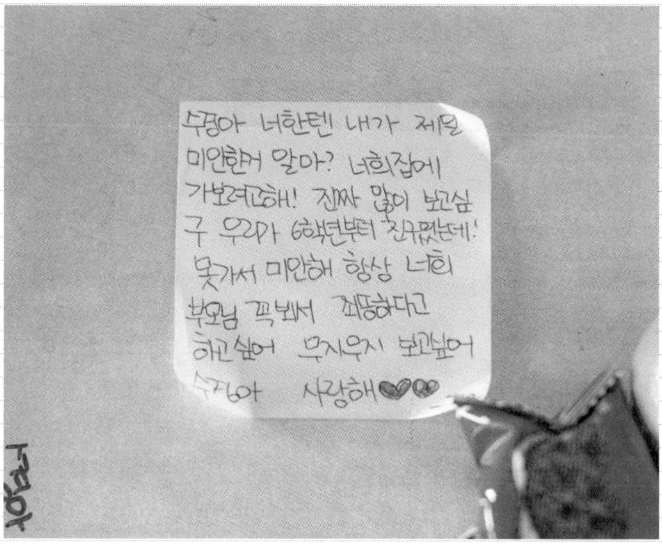

1. 수경이 두 살 때 집 앞.

2. 중학교 때.

3. 2013년 하와이 가족 여행 때. 어머니, 소라 언니, 용주 오빠, 수경이, 아빠.

나는야 친구들 고민 해결사

중앙동 거리는 사람들로 북적였다. 수경이는 옷 가게가 늘어선 골목을 지나고 화장품 가게를 지나 뉴코아 아울렛 앞으로 갔다. 할인 가격으로 파는 옷들을 사려는 사람들로 붐볐다. 수경이는 현관문에 바짝 붙어서 휴대폰으로 시간을 확인했다. 약속 시간까지 10분이 남았다. 수경이는 늘 시간을 잘 지켰다. 만나기로 1시간이 지나자 하나둘씩 나타났다. 중학교 때 친하게 지냈던 일곱 명 중 시간이 되는 몇 명이 만났다.

"야, 많이 기다렸냐?"

제일 마지막으로 나타난 친구가 건넨 말에 수경이가 와르르 웃음을 터뜨렸다.

"좀 일찍 일찍 다녀라. 다른 학교 다녀서 잘 못 보는 것도 억울한데 늦기까지 하냐?"

우렁우렁, 큰 목소리였다. 늦게 온 친구는 아무렇지 않은 듯 수경이 팔을 툭 쳤다.

"에이, 미안해. 그래도 내가 예쁘니까 봐줘."

수경이는 그 팔을 툭 쳐냈다.

"무슨 소리야. 예쁜 건 나지. 햇빛도 나만 비추잖아. 기억 안 나?"

친구들은 와르르 웃었다. 예전에 함께 찍은 사진에서 수경이 얼굴에만 햇빛이 비추었고, 수경이 얼굴이 환하게 빛났던 기억을 떠올렸기 때문이다. 처음 찍은 사진을 확인한 수경이가 으스대듯 자세를 잡았고, 친구들은 그 사진을 단체 카톡방에 올리며 깔깔 웃었다.

"이렇게 예쁘니까 난 켄이랑 결혼할 게 분명해. 그러니 내 결혼식 때 꼭 와, 다들!"

수경이 말에 친구가 물었다.

"야, 지난번에는 김재원이었잖아. 이번엔 또 켄이야?"

"켄이 훨씬 좋아, 우리 재환이가 최고야. 진짜 잘생겼지 않냐?"

"알았다, 알았어. 누가 말려. 중학교 때는 이누야샤였고, 그다음엔 배우 김재원이었고, 이번엔 켄이야?"

둘이 톡탁거리는 틈에 고해인이 끼어들었다.

"명탐정 코난 남도일도 좋아했잖아."

다른 친구들이 낄낄거렸다.

"맞아, 맞아. 야, 김수경, 그만 좀 갈아타."

수경이가 정색했다.

"이번에는 정말이야. 빅스의 재환이랑 꼭 결혼할 거야. 결혼식 때 꼭 와."

친구들은 알았다고 맞장구치며 수경이 팔짱을 꼈다. 수경이는 숱 많은 머리카락을 흔들며 친구들과 씩씩하게 걸었다.

이른 점심을 먹기로 한 친구들은 다 같이 중국음식점에 들어갔다. 수경이는 짜장면에 고춧가루를 뿌리고 젓가락질 몇 번으로 짜장 소스와 면발을 섞었다.

"그 짬뽕 국물을 조금 부으면 더 맛있겠다, 좀 줄래?"

친구가 펄쩍 뛰었다.

"야, 그 이상하게 먹는 것 좀 그만 해. 고등어조림 국물에 마요네즈를 섞어서 빵에 찍질 않나, 그냥 좀 먹어."

수경이는 입맛을 다시며 아쉬워했다.

"맛있는데, 니들이 진정한 맛을 모르는 거야."

해인이가 수경이를 달랬다. 단짝으로 붙어 다니던 중학교 친구들 일곱 중 한 명은 목포로 이사 가고, 해인이와 수경이만 단원고, 나머지 친구들은 모두 다른 고등학교로 진학했다. 중학교 때부터 친구들 생일 선물을 준비하고, 편지를 쓰고, 같은 추억을 많이 쌓았던 친구들이었다. 땀 흘리는 게 싫어서 여름을 싫어하는 수경이는 체육 시간에 자주 체육창고에서 시간을 보냈고, 그럴 때마다 친구들이 창고로 같이 들어가 엽기 사진을 찍으며 놀았다. 수업 시간에는 수경이가 쪽지에 편지를 써서 주기도 했다. 기다란 포스트잇에 한 장 한 장 써서 주거나 예쁜 편지지에 여러 색깔 펜으로 쓴 편지에는 친구들 이름을 정성스럽게 썼고, A4 용지에 깨알만 한 글씨로 편지를 써서 주기도 했다.

"그새 다 먹었어?"

아직 반도 못 먹은 친구가 깜짝 놀라며 물었다. 수경이는 짜장 소스까지 말끔하게 비운 그릇을 보며 입맛을 다셨다. 언제나 수경이는 가장 빨리 먹고 가장 맛있게 먹었다. 급식을 먹으며 음식 국물들을 이리저리 섞어 사과 조각에 찍어 친구들에게 먹어 보라고 건네며 장난을 치곤 했다.

그다음, 모두 노래방으로 옮겼다. 가발을 쓰고 노래를 신나게 부르며 탬버린도 쳤다. 중간에 해인이가 음 이탈을 하자 수경이가 낄낄 웃으며 옆에 앉은 친구 팔뚝을 손으로 연신 쳤다. 노래방에서 서비스로 받은 시간까지 다 쓰고 나오자 수경이가 앞장서서 성큼성큼 걸었다.

"우리 과일빙수 먹으러 가자, 내가 쏠게."

"앗싸!"

수경이는 친구들에게 인심을 잘 베풀었다. 작년 생일에는 짜장면 값을 냈고, 친구 생일 때도 빠지지 않고 챙겼다. 친구들이 학교에서 있었던 힘든 일을 이야기했고, 수경이가 맞장구치며 친구 편을 들어주었다. 그러면 친구들 고민이 스르르 사라졌다.

"우리는 수경이 없었으면 진작 찢어졌을 거야. 수경이는 우리 해결사잖아. 안 그래?"

과일빙수 한 그릇과 토스트가 탁자에 놓이자, 수경이는 토스트를 과일빙수 제일 위에 놓인 아이스크림에 푹 찍었다. 친구들은 피식 웃었다.

"이번에 해인이랑 같이 수학여행 간다, 제주도로. 근데 배로 가."

"정말? 해인이 좋겠다. 우리도 수경이랑 같이 여행가고 싶은데."

"우리는 비행기로 가는데."

친구들이 한마디씩 보태자 수경이가 허를 찼다.

"짜증 나. 왜 배로 가, 비행기로 후딱 가면 놀 시간도 더 많잖아. 수업 끝나고 여행 가는 거 진짜 이상해."

빙수를 비비는 수경이 손놀림이 빨라졌다. 친구들은 그에 질세라 숟가락을 부지런히 놀렸다. 헤어지기 전, 유난히 표정이 어둡던 친구 한 명이 수경이 옆에 바짝 붙어 섰다.

"수경아, 니네 집에 가도 돼?"

"그래, 같이 가자."

다른 친구들과는 다시 만나자는 약속을 하고 헤어졌다. 수경이는 친구와 함께 버스를 탔다. 수경이네 집에 도착한 둘은 2층 다락방으로 올라갔다. 다락으로 올라가는 계단에 쓴 '수경이 집'이라는 낙서를 보며 친구가 키득대자 수경이는 어깨를 한 번 으쓱 올렸다.

"누가 또 힘들게 하냐? 그럼 내가 '바람의 상처' 날리면서 널 도와줄게."

친구가 피식 웃었다. 다른 고등학교에 배정되어 속상해할 때도 수경이는 똑같은 말을 했다. 이누야샤가 하던 주문을 외우며 손짓을 하는 수경이를 보면 근심 걱정이 사라지는 것 같았다.

친구는 자기 속내를 수경이에게 털어놓았다. 중학교 때 그 친구는 힘들고 어려운 일이 자꾸 겹치자 수경이에게 자기에게 소중한 물건들을 바구니에 넣고 편지 한 통과 함께 맡겼다. 사물함에 넣어 두고 나중에 꺼내 보라고 했는데, 수경이가 그걸 십 분 만에 꺼내 보고는 친구가 자살을 결심한다는 걸 알아차렸다. 수경이는 엉엉 울면서 친구를 꼭 끌어안았고, 그 뒤로 친구가 다른 아이들과 잘 어울릴 수 있도록 중간 역할을 했다. 이번에도 마찬가지였다. 수경이는 친구가 하는 이야기를 한참동안 들어 주었고, 욕을 하기도 하고 안아 주기도 하며 마음을 달래 주었다.

"야, 니, 정말 좋은 친구다."

"당연하지. 너는 재환이랑 내가 결혼할 때 꼭 초대할게."

"알았다, 알았어. 흥해라 빅스!"

"고럼, 그래야지."

둘은 서로를 보며 기분 좋게 웃었다.

수경이는 다가올 수학여행을 생각하며 들뜬 마음으로 콧노래를 흥얼거리며, 용주 오빠에게 전화를 걸었다. 나이 차이가 많이 나는 오빠는 수경이가 야간 자율 학습을 할 때는 저녁에 집으로 데려왔고, 음반과 책을 사다 주었다. 수경이는 용주 오빠에게 《그리고 명탐정이 태어났다》라는 책을 부탁했다.

"또 추리 소설이야?"

"왜 이러셔. 장차 국가정보원 요원이 될 사람한테."

"나중에 정말 정보요원이 되면 다 오빠 덕인 줄 알아라."

"당연하지. 오빠, 사랑해."

용주 오빠는 웃으며 전화를 끊었다. 수경이는 책꽂이에 잔뜩 꽂힌 추리 소설들 앞에 놓인 인형을 꺼냈다. 빅스의 켄을 생각하며 인형에게 웨딩드레스를 입혀 주고 싶었다. 수경이는 부엌에서 키친타월을 가져다 인형에게 돌돌 감아 입히고 허리를 꽉 졸라맸다. 눈부시게 흰 웨딩드레스가 만들어졌다. 수경이는 그 인형처럼 예쁜 드레스를 입고 결혼식장에 들어서는 꿈을 꿨다. 재환이 손을 잡고 들어서는 자기에게 친구들이 손뼉을 치며 축하하는 상상을 하자 입가에 미소가 저절로 지어졌다.

이번에는 옆 책상에 앉은 소라 언니에게 수행평가 때 쓸 자료를 찾아서 인쇄해 달라고 부탁했다. 휴대폰 기능은 누구보다 더 잘 알고 있는 수경이었지만, 컴퓨터는 잘 다루지 못했다. 친구들에게 메일을 보내거나 프린트 몇 장을 뽑는 것도 모두 언니에게 부탁했다. 소라 언니는 난순한 건 좀 배워 두라며 인쇄를 해 수경이에게 건넸다. 그때 수경이는 큰 과자 상자를 가위로 오리고 있었다.

"웬만하면 좀 버려라, 그런 자질구레한 것들 좀 모으지 말고."

"싫어. 이걸 어떻게 버려. 아깝잖아."

수경이는 친구들이 선물한 과자 상자에서 예쁜 모양을 자르고 그 뒤에 누구랑 그 과자를 먹었는지, 누가 그 선물을 했는지 꼼꼼히 적었다. 중학교 때부터 친구들이랑 주고받은 편지와 선물들은 모두 수경이 책상 서랍에 저장되었다. 소라 언니는 수경이가 모은 편지들을 보며 피식 웃었다.

소라 언니가 수경이에게 다른 친구들은 동생들한테서 생일 선물로 용돈도 받는다는데, 넌 왜 안 주냐고 농담을 건넨 적이 있다. 그러자 수경이가 종이에 돈 모양을 그려서 선물이라고 주었다. 동글동글하고 예쁜 글씨에 수경이 마음이 듬뿍 드러난 편지였다. 소라 언니는 수경이가 친구들과 잘 지내는 게 보기 좋았다.

수학여행을 가기 전 주말이었다. 주말이 되면 다들 늦게 일어났다. 그러면 아빠는 수경이와 소라가 함께 자는 방문을 두드렸다.

"우리 라면 먹을까, 공주님들?"

그러면 수경이는 벌떡 일어나 물을 얹을까, 라면을 뜯을까 하며 부산을 떨었다. 엄마는 수경이가 부스럭거리는 소리에 눈을 떠 집에 있는 채소들을 잔뜩 넣고 라면을 끓였다. 주말 아침은 늘 라면으로 시작했다. 라면 한 상자가 금세 동이 날 정도였다.

"이번 여름에는 어디로 놀러 갈까?"

아빠가 물었다.

"지난번 하와이로 가족 여행 간 거 좋았어, 아빠. 거기 또 가자."

수경이는 라면 면발을 후루룩 빨아 먹으며 대답했다.

"우리 막둥이, 하와이 여행 좋았어?"

아빠가 수경이 등을 쓸어내렸다.

"응. 진짜 좋았어. 또 가. 응?"

"그래. 가자."

"와, 약속했다!"

수경이는 히죽 웃었고, 엄마는 면 말고 콩나물도 같이 먹으라며 수경이 그릇을 가리켰다. 수경이는 마지못해 채소들을 집어 먹었다.

아빠는 막둥이 수경이가 귀여웠다. 용주가 여덟 살, 소라가 여섯 살일 때 수경이가 태어났다. 덩치가 크고, 방학 때는 낮밤이 바뀌고, 늘 동영상으로 아이돌 노래와 춤을 듣는 걸 좋아하는 수경이가 예뻤다. 자기 예쁘지 않으냐고 자랑하듯 하는 말도 듣기 좋았고, 커다란 얼굴을 숱 많은 머리카락으로 가리고 갸름해 보이냐고 물어보는 애교도 보기 좋았다. 말이 없는 용주와 소라에 비해, 수경이는 친구들을 많이 데려와 노는 것도 좋았다. 수경이가 좋아한다면 뭐든 들어주고 싶었다. 학교 성적보다 친구가 더 좋은 수경이니, 앞으로 무슨 일을 하든 친구들과 함께 잘 헤쳐 나가리라 믿었다.

아침마다 수경이 집은 전쟁터와 비슷했다. 머리숱이 많은 수경이는 하루에 한 번 머리를 감았고 수건 세 장을 써도 그 물기를 닦아 내기 힘들었다. 한겨울에도 헤어드라이기와 선풍기를 동시에 틀어서 말렸지만 학교에 갈 때는 덜 마르기 일쑤였다. 덜 마른 머리 때문에 훌쩍대며 콧물을 흘렸다.

"이러다 늦겠다, 수경아. 얼른 가야지."

머리를 함께 말려 주던 엄마가 등을 떠밀면 수경이는 허겁지겁 집을 나섰다. 중이염을 자주 앓았던 수경이는 "귀에서 물방울 터지는 소리가 나" 하고 이야기했다. 엄마는 임신중독으로 고생하다 미숙아로 태어난 수경이가 자라면서 건강해지고 잘 먹어서 아주 다행이라고 생각했다. 어지간해서는 아프다는 이야기도 안 하는 딸이었다.

한밤중에 자고 있는 엄마 옆으로 다가와 엄마 손을 자기 이마에 짚어 보게 한 적도 있었다. 잠들었던 엄마는 뜨거운 수경이 이마에 깜짝 놀라 일어나 해열제를 먹인 적도 있었다. 수경이는 그만큼 씩씩했다.

축축한 머리카락을 털어 대며 학교로 뛰어가는 수경이 모습을 엄마는 베란다로 지켜보았다. 학교에서 집까지 거리가 멀지 않아, 단원고로 배정되기를 바랐던 수경이 마음을 누구보다 잘 아는 엄마였나. 엄마는 수경이를 보면 웃음이 나왔다. 곧 다가올 4월 22일 수경이 생일은 가족들이 지나치기 힘들었다. 수경이는 해마다 새 달력이 집에 놓이면 방방마다 돌아다니며 자기 생일에 동그라미를 쳤다. 거기에 자기 이름을 쓰지도 않고 다른 설명도 덧붙이지 않았다. 그러나 가족들은 수경이 생일이라는 걸 알았다. 자기 생일뿐 아니라 가족 생일도 살뜰하게 챙겼고, 친구 생일은 더했다. 수경이 친구들은 정성껏 쓴 편지와 과자를 받았고 생일맞이 이벤트를 챙겨 주는 수경이를 좋아했다. 수경이는 교실에 있는 달력에도 자기 생일에는 동그라미를 쳤다고 자랑했다.

수학여행을 떠나기 전날, 친구들이 몰려온 수경이 집은 북적였다. 한고운, 김민지, 정가현, 김민희. 수경이는 같은 반 친구들과 사이좋게 지냈다. 1학년 때, 고운이가 학교 폭력 예방 UCC 대회에 동영상을 찍었다. 그때 수경이는 동영상에 출연한 배우였다. 덩치가 커서 화면을 다 차지했고, 카리스마가 넘치는 존재로 보였다. 하지만 수경이는 친한 친구들에게만 카리스마를 보이고 다른 사람들 앞에서는 그러지 않았다. 수업 시간에 발표도 잘 하지 않을 정도였다. 이 동영상을 찍으면서 수경이는 국가정보원 요원도 되고 싶지만, 배우가 되어도 멋질 것 같다는 말을 꺼냈다.

함께 2층 다락으로 올라가 구석에 있는 침대에 걸터앉아 과자를 먹으며 수다를 떨었다. 다락방은 옥상과 연결되어 있고, 아침마다 서너 개씩 수건을 쓰는 수경이 때문에 늘 수건 빨래가 널려 있었다. 친구들과 수학여행을 가서 함께할 것들을 이야기하고 돌아올 때 선물로 무엇을 살 것인가를 이야기했다. 친구들이 돌아가고, 수경이는 옥상에서 빨래를 걷어 아래층으로 내려왔다.

그날 밤, 수경이는 수학여행을 떠날 준비를 하면서 늦게까지 짐을 풀었다 쌌다를 반복했다. 그러면서 틈틈이 친구들에게 전화를 하고 투덜거렸다. 방이 달라 배에서 따로 자야 한다는 불만이 해결되지 않았기 때문이었다.

"아, 그러니까. 왜 다른 방이야. 응? 뭐라고? 그래, 그러면 되겠다."

전화 여러 통을 마친 수경이는 옥상 화분에 물을 주는 엄마에게 뛰어 올라갔다.

"엄마, 나 애들이랑 같이 있을 거야. 저녁 점호 때만 각자 방에 있다가 안쪽 방에서 함께 있기로 했어."

"그래? 좋겠네. 그렇게 좋아?"

"응. 처음 가는 수학여행이잖아. 초등학교 때는 신종플루 때문에 못 가고, 중학교 때는 조류독감 때문에 못 가고."

수경이는 늦게 들어온 아빠에게 종알거렸다.

"아빠, 나 갔다 오면 일요일에 라면 끓여 먹자."

"그래. 우리 막둥이, 그렇게 좋아? 제주도에 처음 가는 것도 아니잖아."

수경이 아빠 고향은 제주도 근처 추자도였다. 그래서 제주도는 몇 번 가족들과 같이 갔었고, 추자도에서 나오는 해산물들을 자주 배달시켜 먹기도 했다.

"그때하고 다르잖아. 지금은 친구들하고 가는 거야."

"그래, 우리 막둥이. 친구들하고 잘 놀다 와."

"응. 잘 갔다 올게."

수경이는 환하게 웃었다.

"나는 친구들이랑 같이 가서 너무너무 좋아!"

가족들은 수경이를 꼭 안아 주었다. 수경이는 깔깔 웃으며 짐가방 옆에서 어깨춤을 추었다. 행복하고 따뜻한 봄날이었다.

사랑하는 방법을 아세요?

안산 단원고 2학년 1반 **김수진**

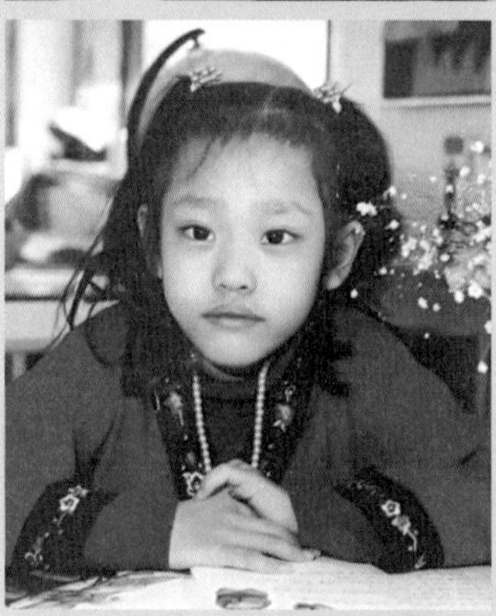

1. 단원고등학교 1학년 때 절친한 친구들과 함께 찍은 사진. 앞줄의 맨오른쪽이 수진이다.

2. 해나유치원에 다닐 때의 수진이. 이날은 특별히 한복을 입고 수업하는 날이었다.

3. 초등학교 1학년 때 울진 이모 집에 놀러 가서 가족과 함께. 이모 집 근처에 있는 불영사 대웅전 앞이다. 앞줄 왼쪽이 큰 언니 수현, 가운데가 수진, 오른쪽이 둘째 언니 수정.

사랑하는 방법을 아세요?

첫 번째 이야기 : 엄마의 생일 수첩

셋째가 태어난 건 2월 8일이었다. 첫째 딸 수현이는 여섯 살, 둘째 딸 수정이는 두 살, 셋째 딸 수진이는 잠들면 눈을 다 감지 못할 정도로 눈망울이 크고 맑았다. 예쁘고 순한 아기 수진이가 태어나던 추운 겨울날 아침, 큰딸 수현이는 둘째 딸 수정이와 아장아장 계단을 내려왔다. 어린 언니들은 그만큼 막내 동생이 궁금했다.

"너희들 셋은 이제 무슨 일이 있어도 뭉쳐야 한다."

아빠는 세 딸의 영원한 보디가드가 되어 주고 싶었다. 하지만 언젠가는 아이들끼리 살아야 할 날이 오는 법이다. 세 딸은 아빠의 당부처럼 어디에 가든 손을 꼭 잡고 그렇게 자랐다. 수진이 아빠와 엄마는 생일이면 하루 종일 수십 통의 축하 문자를 받았다. 모두 수진이 친구들이 보내온 축하의 말이었다.

"안녕하세요? 수진이 친구 도연이입니다. 생신 축하드려요. 수진이는 학교에서 너무너무 좋은 친구예요! 오래오래 건강하세요."

맞벌이를 하는 수진이 엄마와 아빠는 일터에서 알림음이 울릴 때마다 행복했다. 누가 가르쳐 주지도 않았는데 수진이는 사랑을 전하는 방법을 참 잘 알았다.

큰딸 수현이가 초등학생일 때니까 수진이는 아직 젖을 떼지 못했을 무렵이다. 보따리에 수진이 기저귀를 싸고 우유 가방을 든 채로 여의도 윤중로 벚꽃놀이에 간 적이 있다. 지하철을 몇 번 갈아타고 여의도에 내려서 함박눈처럼 내리는 벚꽃을 맞던 그날, 세 아이는 좋다며 까르르 웃었다. 펜션을 빌려서 남이섬에도 가고 석탄박물관이 있는 문경 가은 외갓집에도 자주 내려갔다. 고향 집에 가자고 하면 무던한 막내 수진이는 힘들다는 소리 한 번 안 하고 먼 길을 금방 따라나섰다.

딸들이 하나, 둘 수험생이 되고 회사원이 되었지만, 이 가족의 팀워크에는 변함이 없었다. 큰언니 수현은 월급날이면 동생들을 데리고 맛집에 갔다. 디자인을 하는 둘째 언니는 가끔 막내 수진이에게 기프티콘을 보냈다. 두 언니가 서랍에 용돈을 넣어 주면 수진이는 늘 반만 가져갔다. 모아 두는 돈, 쓰는 돈을 나누어 아꼈다.

맞벌이로 바쁜 엄마 아빠는 여름이면 지도를 펼치고 조목조목 짚어 가며 여행 계획을 짰다. 2011년에는 태안, 담양, 목포를 잇는 서해안 일주를 했고 2012년에는 강원도를 한 바퀴 돌았다. 저녁이면 발길 닿는 마을에 짐을 풀고 찜질방에 누워 두런두런 이야기를 나눴다. 2013년에는 양양에서 오토캠핑을 했는데 도착하는 순간부터 굵은 빗방울이 떨어졌다. 비가 그치면 바다에 나가고 빗줄기가 거세지면 텐트로 돌아오기를 몇 차례나 했을까. 엉망이 되곤 하는 텐트 안을 돌아보면 누군가가 말끔히 정리해 두었다. 말은 안 해도 수진이가 했다는 걸 식구들은 다 알고 있었다.

집에서도 수진이는 워낙 소리 없이 부지런했다. 엄마가 빨래를 하면 수진이가 개고 언니들이 서랍에 정리하는 몫을 맡았는데 손 빠른 수진이가 마무리까지 해 버리는 경우가 많았다. 수진이는 엄마가 해 주는 닭발 요리를 어떤 바깥 음식보다 좋아했지만 맞벌이를 하는 엄마는 좀처럼 그럴 틈을 내지 못했다. 그런 엄마 마음이 미안할 정도로 수진이는 도통 해 달라는 게 없는 아이였다. 두 언니의 옷을 물려 입었는데 불평 한 번 없었다. "수진아. 엄마가 뭐 좀 해 줄까?" 하고 물으면 방긋 웃으면서 작은 목소리로 대답했다.

"엄마 맘대로 해."

딱 한 번 수진이가 뭘 해 달라고 한 때가 있었다. 제주도와 일본 중에 한 곳을 고르라는 수학여행 설문지를 보면서 수진이는 갈까 말까 고민하는 눈치였다. 만만치 않은 수학여행비 때문인가 싶어서 아빠는 어디든 결정되는 대로 수학여행은 꼭 가라고 말해 줬다.

"아빠가 중학교 때 수학여행을 포기하고 친구들하고 야구 글러브를 샀거든. 그 많은 돈이면 글러브를 사고도 남았으니까 못 가는 친구들하고 야구나 하자 싶었지. 그런데 지나고 보니 아쉽더라. 아빠는 수진이가 다른 걱정 말고 이번 수학여행은 꼭 갔으면 좋겠어."

수학여행을 가기로 한 수진이가 며칠 앞두고 조심스럽게 물었다.

"아빠. 사고 싶은 옷이 있는데."

아빠는 순하고 순한 막내딸이 언제나 "해 줘!"라고 말하지 못하고 "해도 돼?"라고 묻는 것이 안쓰러웠다. 그런데 이번에는 하고 싶다고 먼저 말하는 것이 그렇게 기쁠 수가 없었다. 수진이를 데리고 나가서 처음으로 사고 싶다고 말한 아디다스 트레이닝복을 골라 줬다. 엄마하고는 동명상가 옷 집에 가서 반바지도 두 벌 샀다. 오는 길에는 수진이가 좋아하는 육쌈냉면을 먹었다. 어쩔 줄 모르고 좋아하는 수진이를 보면서 엄마 아빠는 미안하고 행복했다.

엄마에게 수진이는 힘들 때면 먼저 오는 딸이었다. 퇴근길에 시장바구니가 무거울 때 엄마는 집에 전화를 걸었고 대개 가장 어린 수진이가 집을 지키고 있었다.

"알았어. 기다려. 엄마."

다리도 길고 걸음도 빠른 수진이는 한 번도 군말 없이 달려 내려왔다. 엄마는 집에서도 손이 필요하면 막내딸의 이름을 부르는 것이 모르는 사이에 습관이 되었다.

아빠는 딸 셋을 키우면서 꽃밭에 사는 남자라서 좋겠다는 얘기를 많이 들었다. 하지만 그만큼 정성으로 세 딸을 키웠다. 키가 170센티미터나 되는 늘씬한 다 큰 막내딸이지만 수진이가 야간 자율 학습을 하고 하교할 때마다 정류장에 마중을 나갔다. 수진이가 올림픽기념관 앞에서 탔을 버스 번호를 기억하고 스마트폰의 버스 앱을 몇 번이나 들여다보면서 확인한 시간이다.

"아빠! 손!"

차가운 겨울, 걸어서 5분 남짓한 그 밤거리에서 어깨를 나란히 하고 걷던 수진이는 아빠 주머니에 손을 불쑥 집어넣곤 했다. 아빠는 어릴 적 출근길이면 현관문 앞에서 키재기를 하던 막내가 언제 이렇게 훌쩍 컸나 싶으면서도 주머니 속의 가는 손을 잡으면 아직도 아기같이 느껴졌다.

수진이는 아침이면 혼자 준비해 스르르 집에서 나가기 때문에 식구들이 따로 챙겨줄 일이 없었다. 등교 지도와 캠페인을 담당하는 바른 생활부의 부원이었는데 이른 시간이 부담되어 아이들이 하나둘 떨어져 나갈 때도 수진이는 지각 한 번 안 했고, 선부동 외곽의 멀리 떨어진 주택가로 이사한 뒤에도 항상 똑같은 시간에 학교에 도착했다. 수진이가 약속 시간에 친구들보다 늦게 나온 적이 거의 없다는 것은 수진이 친구들 사이에서도 유명한 얘기다. 잔말이 없고 알아서 자기 일 잘하고 차분하고 빠르고.

이런 걱정 없는 딸을 둔 아버지가 아침부터 가족들을 위해 유난을 떠는 날이 일 년 중에 딱 하루 있었다. 3월 14일 화이트데이다.

2014년 3월 14일. 아빠는 그날 야간 근무였다. 세 딸과 아내가 학교에 가고 출근한 것을 확인한 다음부터 아빠의 비밀 작전은 시작됐다. 커다란 핑크빛 색지를 하트 모양으로 오려 마루 탁자에 세우고 거기에 사랑하는 네 사람의 여성을 향해 편지를 썼다.

미리 준비한 열 종류가 넘는 초콜릿은 하트 카드 아래에 산처럼 높이 쌓았다. 화이트데이 아침 아빠는 그렇게 깜짝 놀랄 일을 만들어 두고 회사에 출근했다. 그날 오후 이 '핑크 빅 하트 초콜릿 산'을 가장 먼저 본 사람은 초콜릿을 가장 좋아했던 막내 수진이다.

더없이 돈독한 이 가족에게 4월의 봄날, 엄마의 생일이 찾아왔다. 엄마는 수진이의 담임이면서 일본어를 담당하는 유니나 선생님에게 전화를 드려 수진이의 야간 자율 학습을 하루만 빼 달라고 부탁했다. 상냥한 선생님은 "네. 어머님. 맛있는 것 많이 드시고 오세요"라고 흔쾌히 허락해 주었다. 그날 밤 생일잔치에서 엄마는 수진이로부터 두고두고 못 잊을 선물을 받았다.

"엄마만 봐야 돼."

수진이가 손에 꼭 쥐어 준 작은 스프링 수첩에는 한 권 가득 수진이 친구들이 색색의 펜으로 적어 넣은 생일 메시지가 담겨 있었다. 종이를 넘겨도 또 넘겨도 축하는 그치지 않았다.

-생신 축하드려요. 수진이가 어머님을 닮았나요? 정말 이쁜 친구네요. 박성빈 올림.
-어머님의 하루 천사가 되어 드릴게요. 김수경 올림.
-오래×100 건강하세요. 수진이 오른팔 소정 올림.
-어머님 생신이라서 그런지 꽃도 이쁘게 피고요. 설수빈 올림.
-직접 얼굴 뵙고 축하드리지 못해서 죄송해요. 이쁜 소희 올림.
-오늘 맛있는 것도 많이 드세요. 현정 올림.
-따님이 힘이 정말 좋아요. 만수무강하세요. 보미 올림.
-저는 김효빈이라고 합니다. 전학을 왔는데 수진이 덕분에 적응을 잘 했습니다. 착한 딸을 낳아 주셔서 감사합니다.
-수진이 정말 효녀인 것 같아요. 축하드려요. 현이 올림.

엄마는 눈물이 글썽했다. 수첩의 첫 장과 마지막 장은 눈에 익은 수진이의 글씨였다.

마미! 오늘은 하루 즐겁게 지내용. 엄마 많이 아프지 말고 오래오래 건강하게 사시고. 오늘은 엄마를 위해서 날씨도 좋고 꽃도 많이 폈네! 생신 오메데토우 고자이마스(おめでとうございます- 축하합니다). 수진 올림.

내사랑여보야!
착한 수정!
듬직한수현!
귀염둥이 수진!
YOU
CRUNKY

두 번째 이야기 : 초코, 디오, 코난, 수잔

“수잔. 밥 뭐야?”

“계란 양파국. 비엔나 고추장 조림. 단배추 겉절이!”

수진의 별명은 수잔이었다. 급식표가 나오면 한 달치를 가늘게 잘라 동전 지갑에 넣고 다녔다. 친구들이 수진에게 그날 급식 메뉴를 물어보면 그 가느다란 종이를 꺼내어 불러 주곤 했다. 초콜릿을 얼마나 좋아했는지 수진의 가방에는 늘 트윅스나 크런키가 들어 있었다. 기분이 우울할 때면 친구들은 수진에게 초콜릿을 달라고 했다. 중앙역 앞 카페베네에 ‘악마의 빙수’라는 새로운 메뉴가 생겼을 때 다들 이건 “초코라서!” 꼭 수진이하고 같이 가서 먹어야 한다고 생각했다.

초콜릿이 아니더라도 수진이 곁에 가면 기분이 좋아졌다. 교실에서 수진과 이야기를 해 본 적이 없는 아이는 한 명도 없을 것이다. 장난을 치면 기분 좋게, 누가 봐도 장난처럼 사람을 즐겁게 해 줬다. 조용한 성격인데 신기하게도 장난끼가 많았다. 맘이 약해서 속상한 얘기를 들으면 곁에서 같이 잘 울어 줬지만 몸 장난을 좋아해서 울다가 넥타이도 풀다가 여기저기 툭툭 치고 그러다 보면 왜 울었는지 금방 다 잊고 마냥 웃게 됐다.

친구들 앞에서는 그렇게 개그맨처럼 활달한 수진이가 선생님이나 어른만 보면 쑥스러워하며 금방 얌전해지는 건 신기할 정도였다. 수진이를 꼼짝 못 하게 하는 게 또 하나 있다. 카메라. 롱다리 절대 미모의 초코 덕후 수진은 카메라 앞에만 가면 고개를 설레설레 저으며 몸을 놀렸다. 사진 찍기를 정말 싫어했다.

학교에서 ‘건전한 스마트폰 사용을 위한 UCC’를 제작하던 날, 동영상을 제작하려면 역할을 맡아서 연기를 해야 했다. 하지만 카메라를 태생적으로 싫어하는 수진이와 친구들은 고민 끝에 머리에 상자를 하나씩 만들어서 쓰기로 했다. 선글라스에 코와 입을 우스꽝스럽게 그려 넣은 네모난 갈색 상자를 뒤집어쓰고 비로소 카메라 공포증에서 벗어난 설수빈, 송지나, 김소정, 김수진, 네 사람의 출연자는 그날 절정의 연기를 선보였다. 국제 광고제에서 수상한 일본의 환타 광고를 연구해 가면서 더 멋진 장면을 찍어 보자고 갖가지 아이디어를 짜냈다.

"야. 안 돼. 이 장면은 19금이야, 19금!"

카메라를 들고 촬영하는 친구들도, 촬영을 지켜보는 친구들도 이날만큼은 교실이 뒤집어질 만큼 웃었다.

카메라 연기는 싫어했지만 몸을 움직이는 일은 좋아했던 수진이와 친구들은 의기투합해서 배드민턴 동아리를 만들었다. 수진이는 지금 요리사를 꿈꾸고 있지만, 한때 체육 선생님이 장래 희망이었던 적도 있다고 했다.

"제대로 운동을 해 보자. 배드민턴부라고 이름만 걸고 배드민턴은 안 치고 그런 건 별로야."

용돈을 쪼개서 동아리 회비를 모으고 배드민턴 채와 셔틀콕을 장만했다. 모처럼 책상에서 머리를 들어 하늘을 보고 깃털이 달린 공을 쳤더니 가슴이 시원해졌다. 다 같이 수진이네 집에 가면 수진이가 탱글탱글하게 비빔면을 만들어 줬다. 젓가락을 들고 몰려든 아이들은 "넌 요리사가 더 어울려. 진짜 맛있어!" 하고 엄지를 내밀었다.

수진이가 아이돌 그룹 엑소를 좋아한다는 건 친구들이 다 알았다. 큰언니 수현도 엑소의 오랜 팬이다. 회사에 다니는 수현 언니가 콘서트에 다녀오면 수진이는 언니에게 밤늦도록 생생한 얘기를 듣고 이튿날 친구들에게 푼다. 엑소가 활동하는 기간이면 쉬는 시간마다 교실 안에 있는 엑소의 팬들이 한데 모여서 수다를 떨었다.

학교 안에서 몇 손가락 안에 들 만큼 모바일 게임을 잘하는 수진이를 친구 설수빈은 '고수님'이라고 불렀다. 수진이는 게임 논리를 들여다보는 감이 정말 좋았다.

"수진아. 해 줘."

야간 자율 학습 쉬는 시간, 심심풀이 모바일 게임이 잘 안 풀려서 답답하던 수빈이는 수진이에게 달려갔다. 고수님은 그 자리에서 레벨을 척척 올려놓았다. 그러던 수빈이와 현정이가 수진이 스마트폰을 보고는 정말 못 말린다면서 데굴데굴 구르며 웃었다.

"백현, 찬열, 세훈, 디오……? 이게 뭐야, 김수진!"

'쉽팜 인 슈가랜드'라는 양치기 게임의 화면 창을 켜니 뾰롱뾰롱 나오는 양들의 이름이 하나하나 엑소 멤버였다. 수진이는 그 게임 안에서 키우는 아기 양이 늘어날 때마다 엑소의 이름을 붙였던 것이다. 엑소 중에서도 수진이가 가장 사랑하는 멤버는 디오였다.

엑소의 디오만큼이나 만화 〈명탐정 코난〉을 좋아했던 수진이가 하루는 방학 중 방과 후 수업이 끝나자마자 친구들을 불러 모았다.

"명탐정 코난이 개봉했어. 보러 가자!"

"누가 코난을 극장에서 보냐?"

"코난이니까 극장에서 봐야지!"

한여름 대낮 극장에는 사람이 없었다. 텅 빈 극장을 열 명도 안 되는 단원고 여학생들이 점령했다. 수잔 수진의 말대로 코난은 역시 극장판도 명작이었다. 명작이 아니었어도 좋았다. 그날은 카이저 쏘정도, 박성빈 둘리도, 루피 해인이도, 유니콘 윤희도, 쏭지 지나도, 설쑤 설수빈도 함께였으니까.

다 같이 한 일은 또 있었다. 수진의 큰언니 수현이 의식팔찌(위안부 문제를 알리는 팔찌)를 사고 그 의미를 수진이에게 이야기해 주었다. 수진이와 친구들은 윤희 편에 인터넷 사이트에 가입을 하고 용돈을 아껴 의식팔찌를 공동 구매했다. 그렇게라도 위안부 할머니들과 마음을 같이하고 싶었다.

그해 여름이 지나갈 때 누가 먼저 제안했는지 화랑유원지에서 오토캠핑을 하기로 했다. 예지 부모님이 텐트를 쳐 주고 소정이 부모님이 김밥이랑 수박을 준비해 주었다. 불판을 놓고 고기를 구워 먹었는데 또 치킨을 시켜 먹었다. 수진이와 현정이는 옆집 가족이 설치한 해먹을 빌려 누워 봤다.

"저기 구름 가는 거 봐. 아, 좋다!"

너무 좋은 날에는 꼭 생각지도 않았던 일이 터지는 법이다. 수진이는 놀이터에서 뛰다가 넘어져 손목을 다쳤다. 비 온 뒤라 자잘한 벌레는 얼마나 많았는지 쫓아내느라 꾸벅꾸벅 졸면서 밤을 새웠다.

"결국 절대로 잊을 수 없는 날이 됐잖아!"

눈이 벌겋게 된 아침에 주섬주섬 짐을 싸면서도 자꾸 웃음이 나왔다.

그해 가을 이화여대에 대학 탐방을 갔던 날에는 비가 주룩주룩 내렸다. 교정에 나란히 서서 다른 색깔의 우산을 쓰고 사진을 찍었다. 교실 스냅이나 이미지 사진만 찍던 친구들이 모처럼 포즈를 잡고 찍은 단체 사진이었다. 이날도 수진이는 카메라가 부끄러워 살짝 비켜서서 사진을 찍었다.

고등학교의 첫겨울은 빨리도 찾아왔다. 학생회에서는 우체통을 만들어 놓고 친구에게 보내는 편지를 배달해 주겠다고 했다. 수진이와 친구들은 옆자리에 앉아 날마다 얼굴을 보는 사이에도 손편지를 썼다. 수진이는 노란 줄무늬 편지지에 랩 가사로 적은 편지를 보냈다.

"헤이요! 현정. 쉐키 렙 췍췍. 나 수진. 너랑 있어서 웃는 날 많았고, 완전 웃기고, 재미있었고, 공부도 잘 가르쳐 주고! 짱짱!"

"요! 썰숩! 나는 바로바로 수진. 축제 때 너 잘한 것 같아. 바로 춤 말야, 춤! 남친 없지? 없을 거야! 없으니까! 너랑 나랑 솔로 크리스마스! 2학년이 되면 더 재미있게 놀자. 1학년 때 못 한 거 하고 놀자. 수빈, 너의 짱 팬!"

"요요, 쉐키럽! 내가 누군지 궁금해? 누군가에 집착하지 마, 그 가식의 껍데기를 벗어버려! 난 수진, 우린 곧 2학년! 반은 다르겠지만, 많이 찾아가고 많이 찾아와! 예지! 예지!"

초코. 디오. 코난. 수잔. 아니 수진은 그런 사람이었다. 강아지를 키우고 싶어서 강아지 사진을 열심히 모았던 사람. 누구보다 어른스러웠던 집안의 막내. 햄김치볶음밥을 잘 만들었던 사람. 사람을 사랑하는 방법을 정확히 아는, 참 고운 그런 사람.

영롱한 날의 풍경

안산 단원고 2학년 1반 **김영경**

1. 영경이와 희현이는 오래된 친구다.

2. 2014년 봄. 영경이가 벚꽃을 머리에 꽂았다.

3. 어릴 적 둘째 오빠와 함께.

영롱한 날의 풍경

영경이는 5교시 마침 종이 울리고부터 줄곧 효빈이만 보고 있다. 효빈이가 창가에서 한 아이와 재잘거리고 있기 때문이다. 뭐가 저렇게 재밌을까. 이러다가 쉬는 시간이 다 지나갈 것만 같다. 영경이는 효빈이와 둘도 없는 친구 사이라는 것을 의심하지 않는다. 효빈이가 아이들과 두루두루 잘 지낸다는 것도 인정한다. 영경이도 친구들이 많으니 효빈이를 이해 못 하는 건 아니었다. 그런데도 효빈이가 다른 아이들과 어울리는 걸 보면 자꾸만 샘이 나는 건 어쩔 수 없다. 그동안은 영경이가 화난 척, 토라진 척하면 매번 효빈이가 와서 먼저 말을 걸어 주었다. 영경이는 효빈이가 그렇게 해 주는 게 좋았다. 하지만 이제는 대놓고 삐치는 건 좀 창피했다.

영경이가 턱을 괴고 효빈이 뒤통수를 노려보고 있었다.

"아, 영경아."

무언가에 끌린 듯 효빈이가 돌아보았다.

영경이는 튕기듯 일어나 효빈이 팔에 매달렸다.

"질투나아잉, 질투나아잉."

저도 모르게 튀어나온 말이었다.

효빈이가 놀라서 눈이 동그래지더니 까르르 넘어갔다.

"이런 것도 할 줄 알아?"

영경이가 개그맨 흉내를 내다니, 다부지고 털털하고 씩씩하기까지 한 영경이의 새로운 모습이었다. 오빠가 둘이 있는 막내라는 건 효빈이와 같지만 영경이는 막내답지 않게 혼자서도 일을 척척 잘 해결하는 당찬 친구였다. 밝고 웃음이 많았지만 애교 섞인 개그로 효빈이를 웃기는 건 처음이었다.

효빈이는 그 모습이 너무나 귀여워 보조개가 쏙 들어가는 영경이 볼을 콕 찔러 보고 싶었다.

"질투나아잉, 질투나아잉."

또 한 번 영경이가 콧소리를 섞어 가며 장난을 쳤다. 한번 터진 웃음이 효빈이에게서 영경이에게로, 또 소영이와 지성이에게로 옮겨갔다. 깔깔대는 소리가 사방으로 퍼져나가 비눗방울처럼 톡톡 터졌다.

종례를 마치고 영경이, 효빈이, 소영이는 나란히 교문을 나섰다. 함께 중앙동에 가기로 한 날이었다. 영경이가 눈짓을 하자, 소영이가 고개를 까딱하고 쇼핑백을 건넸다.

"효빈아, 이거 니네 집에 잠깐 맡길게."

나중에 찾아가겠다는 영경이 말에 효빈이는 선뜻 신발 상자가 든 쇼핑백을 받아 주었다. 효빈이가 쇼핑백을 집에 두고 오는 사이 영경이와 소영이는 또 한 번 눈빛을 주고받았다. 아이들은 중앙동을 한 바퀴 돌고 생과일주스 한 잔씩을 손에 들었다. 날씨가 춥고 어두웠지만 늘 그랬듯이 집까지 걸어가기로 했다.

"다음에 우리 부평에 가자. 내가 안내할게."

인천에서 전학을 온 효빈이는 그곳을 잘 알고 있었다. 효빈이는 부평에도 중앙동만큼이나 구경할 곳이 많다고 했다.

셋은 주스를 빨며 천천히 걸었다. 빨리 걸으면 빨리 헤어져야 해서 싫었다.

"대학로에도 다시 가고 싶다."

누군가 말하고 또 누군가 '응응', 대답했다.

얼마 전 학교에서 대학교 탐방을 간 적이 있었다. 효빈이는 동국대를, 영경이는 이대를 구경한 후 대학로에 가서 연극 〈옥탑방 고양이〉를 봤다. 대학교 탐방보다 대학로

구경이 더 신나고 재미났다.

"배고프다. 소영아, 네 엄마가 해 준 떡볶이 먹고 싶다."

"소영이가 해 준 볶음밥도 맛있었는데."

영경이 말에 효빈이가 맞장구를 쳤다.

효빈이 집이 가까워 오자 소영이가 분위기를 잡았다.

"영경아, 우리가 준 아이섀도 잘 쓰고 있지?"

영경이는 빨대를 입에 물고 고개를 끄떡였다. 스틱으로 된 아이섀도는 친구들이 지난달 영경이에게 준 생일 선물이었다.

집 앞에서 예상대로 효빈이가 먼저 말을 꺼냈다.

"참, 쇼핑백 가져가야지?"

망설이던 영경이가 참지 못하고 에헤헤 웃었다.

"그거, 사실은 네 선물이야."

"우리 둘이서 준비했지잉."

소영이도 장단을 맞췄다.

영경이는 놀라고, 좋아하고, 선물을 궁금해하는 효빈이를 보고 뿌듯했다. 신발 상자 안에는 며칠 동안 둘이서 준비한 효빈이 생일 선물이 들어 있었다. 어젯밤 영경이는 효빈이를 위해 잘 쓰지 않는 손편지까지 쓰는 정성을 들였다.

이제는 정말 집으로 가야 할 시간이었다. 과일주스도 바닥을 드러내어 쪽쪽 소리만 올라왔다. 종일 함께 보냈고 내일이면 또 만날 사이였지만 아이들은 늘 헤어지기가 싫어서 시간을 끌었다.

"너 남윤철 샘과 찍은 사진, 잘 나왔더라."

"김영경, 남 샘 언제부터 좋아했냐?"

소영이가 오늘도 집으로 흩어지는 게 아쉬워서 낮에도 말한 남윤철 선생님 이야기를 또 꺼냈다. 영경이는 핸드폰에 있는 사진을 다시 들여다보았다. 사진 속에는 수줍어하는 영경이와 키 크고 건장한 남자 선생님이 운동장 스탠드에 서 있었다. 앞모습

사진도 좋지만 남윤칠 선생님보다 한 계단 아래에서 나란한 뒷모습이 남긴 사진도 맘에 들었다.

겨우 인사를 하고 돌아선 영경이는 서운한 맘에 다시 효빈이를 불렀다.

“효빈아, 너 옆에서 보면 눈이 예쁜 거 알아?”

“치, 넌 보조개가 최고잖아. 몸매도 짱이고.”

갑자기 시작된 닭살 돋는 칭찬 릴레이에 흩어지던 셋은 다시 하나가 되었다.

“얘들아, 고마워. 친구라서 고맙고 그냥 다 고마워.”

아빠가 영경이 방문을 열었다.

공휴일이어서 영경이는 아직 이불 속이었다.

“영경아, 사진 한 장만 찍자.”

잠이 덜 깬 영경이가 부스스 일어나 앉았다.

“지금? 여기서?”

“뭐 어때, 한 번만 찍어.”

아빠는 며칠 전에야 가지고 있는 영경이 사진이 없다는 걸 알았다. 영경이가 커가는 동안에 찍은 사진도 거의 없었다. 사는 게 바빴고, 이른 아침에 출근하고 저녁 늦게 들어오는 생활을 하다 보니 사소하지만 소중한 순간들을 많이 놓쳐 버린 아빠였다. 눈곱도 안 떨어졌는데 사진이라니. 잠이 덜 깬 영경이가 헝클어진 머리를 정리도 하기 전에 아빠가 핸드폰 버튼을 눌렀다.

“이렇게 막 찍으면 어떡해.”

영경이가 투덜거리는 사이 또 다시 찰칵 소리가 났다.

“어휴, 아빠. 자다가 일어난 걸 왜 찍어!”

짜증을 내는 영경이를 뒤로하고 아빠가 방문을 닫았다. 내 눈엔 예쁘기만 한데 뭘, 아빠는 침대에 앉아 있는 사진 속 영경이를 보며 흐뭇하게 웃었다.

방문이 닫히자 영경이는 다시 이불 속으로 파고들었다.

"치, 잘 나온 사진이 얼마나 많은데."

툭 내뱉었지만 아빠 말이 맞았다. 친구들과는 하루에도 몇 번씩 사진을 찍지만 가족과 카메라 앞에 나란히 서 본 기억이 없었다. 어릴 적에도 마찬가지였다. 아빠가 외로운 걸까. 영경이는 문득 그런 생각이 들었다. 그럴지도 모른다. 아니, 아빠는 외로울 것이다. 오랫동안 혼자였으니까. 아빠는 혼자서 오빠들과 영경이를 키워야 했고 할아버지 할머니도 돌봐야 하는 어깨가 무거운 집안의 장남이었다.

영경이는 이불을 감아 안으며 간호사가 되기로 한 건 정말 잘한 일이라고 생각했다. 어릴 적엔 희현이를 따라 헤어디자이너를 꿈꾸었고 또 한때는 메이크업 아티스트를 희망하기도 했다. 그러나 얼마 전 아빠 몸에 난 수술 자국을 다시 본 후로는 마음이 바뀌었다. 아빠는 큰 수술을 여러 번 했다. 아빠 몸에 있는 흉터를 처음 본 건 아니었지만 그날 이후로 많은 생각을 하게 되었다. 다른 사람의 외모를 가꾸어 주는 것도 즐거운 일이지만 아픈 사람과 함께하는 것도 의미가 있을 거라는 확신이 들었다. 그래서 영경이는 안 하던 야간 자율 학습도 시작했고 수업도 열심히 들었다. 친구들은 달라진 영경이 모습에 놀라워했다.

방안이 환했다. 8시가 넘었다. 알람을 맞춰 놓을걸. 오늘은 영경이가 홍천으로 친구들을 만나러 가는 날이었다.

영경이는 재빨리 일어나 주방으로 갔다.

"계란찜 할까?"

티브이 앞에 있는 작은오빠에게 물었다.

"그러든가."

저렇게 무심히 말해도 계란찜은 작은오빠가 가장 맛있게 먹어 주는 음식이었다. 영경이는 용돈을 챙겨 준 오빠를 위해 솜씨를 발휘하기로 했다. 홍천을 갈 생각을 하니 계란물을 젓는 손이 빨라졌다. 친구들아, 조금만 기다려! 이 양갱이, 엉겅퀴가 간다! 분주한 영경이를 본 작은오빠가 찜을 할 냄비를 내어놓고 김치찌개 재료를 준비했다.

별 말이 없어도 둘은 손발이 척척 맞았다.

씻고 썰고 끓이다 보니 어느새 계란찜과 김치찌개가 완성되었다. 같은 솜씨에 늘 먹던 음식이지만 오늘은 유난히 맛있게 되었다. 역시 음식은 즐거운 마음으로 만들어야 돼. 영경이는 찌개를 떠먹으며 생각했다. 수저 가득 계란찜을 연거푸 퍼 가는 오빠를 보니 기분이 좋았다.

“나 신발 사고 싶어. 인터넷에서 예쁜 거 봤는데.”

작은오빠는 못 들은 척 했다. 영경이는 요즘 아르바이트를 하고 있었다. 아빠는 못하게 말렸지만 영경이는 용돈을 스스로 마련했다. 사고 싶은 것도, 먹고 싶은 것도 많아서 이번에 받는 돈으로는 신발은 사지 못할 것 같았다. 영경이 사정을 뻔히 아는 작은오빠는 다음 영경이 생일엔 현금보다는 신발이 좋겠다는 생각을 했다.

“오빠, 일요일에 피시방 갈래?”

영경이는 밥그릇을 치우고 요플레를 꺼냈다. 작은오빠가 고개를 끄덕였다. 영경이와 작은오빠는 어릴 적부터 싸우면서도 붙어 다니는 짝꿍 같은 남매였다. 싸울 때는 오빠고 뭐고 없이 무지막지하게 굴었지만 화를 내다가도 금방 풀어져서 오빠를 따라 수퍼를 가고 맛있는 걸 먹으러 다녔다. 둘이 함께하는 건 당연한 일상이었다. 그래도 피시방을 오빠와 같이 다니는 여고생은 영경이밖에 없을 거다.

“또 테런?”

이번엔 영경이가 고개를 끄덕였다. 영경인 온라인 게임 테일즈러너 실력이 최고였다. 초등학생 때부터 하던 게임이었지만 질리지 않았다. 큰오빠도 영경이 실력을 보고 놀랄 정도였다.

영경인 서둘러 씻고 화장을 했다. 오랜만에 만나는 희수 희원 쌍둥이 언니와 희현이에게 예쁘게 보여야 했다. 강원도 홍천은 어릴 적 이사를 간 영경이가 초등학교 4학년 때까지 살던 곳이었다. 안산으로 전학을 온 후에도 명절이나 방학 때마다 꼭꼭 할머니 할아버지가 계시는 홍천엘 갔지만 할아버지께서 돌아가신 후로는 한동안 가지 못했다.

그곳에서 영경이는 한 살 많은 쌍둥이 언니 희수와 희원 그리고 동갑 친구 희현과 친자매처럼 지냈다. 처음엔 낯을 가리고 소심하게 굴어도 일단 친해지고 나면 모든 걸 다 줄 것처럼 착 달라붙어 친근하게 구는 영경이를 친구들은 좋아했다. 이름 때문에 별명이 양갱이와 엉경퀴가 되어 버린 영경이는 가끔 삐치고 샘을 내도 먹는 것만으로도 화가 풀리는, 친구들 사이에서는 착하고 잘 웃는 아이로 통했다.

영경이는 비가 와도 눈이 와도 친구들이 부르기만 하면 언제든지 자전거를 타고 쌩 달려갔다. 쌍둥이 언니네 집에서도, 여름 강가 물놀이에서도 지루할 틈이 없었다. 같은 놀이도 늘 새로웠고 친구들과는 언제든지 놀 준비가 되어 있었다.

가끔은 성동에서 버스를 타고 홍천 시내에 나갔다. 돈이 없어도 구경거리는 많았다. 그곳에서 붕어빵과 닭꼬치를 참 많이도 사 먹었다. 넷이서 처음으로 산 것은 서클렌즈였다. 예뻐지고 싶다며 우르르 몰려가 색깔을 하나씩 고르긴 했지만 렌즈를 눈에 넣는 건 너무도 무서웠다. 다들 렌즈를 검지 끝에 올려놓고 어쩌지 못해 쩔쩔맸던 기억이 났다.

"맞다! 그 오빠도 있었지."

화장을 하던 영경이는 갑자기 한 오빠가 생각났다. 이젠 이름도 잊어버린 한 살 많은 오빠를 두고 셋이서 좋아하던 때가 있었다. 평소엔 다니지 않은 교회였지만 여름 수련회엔 곧잘 따라갔던 영경이와 친구들은 그곳에서 한 오빠를 만났다. 그 오빠도 방학 때만 서울에서 온다고 했다.

"그런데, 왜 싸웠지?"

영경이는 화장을 한 얼굴을 요리조리 거울에 비춰 보며 기억을 더듬었다. 잘생겼다, 멋지다 하며 좋아하던 영경이는 무슨 일 때문이었는지 오빠와 한바탕 싸우고는 짝사랑을 그만두었다. 영경이는 홍천에서 보낸 시간을 많이 잊어버렸지만 슬픈 기억 하나는 잊지 않았다. 겨울 방학 때 안산으로 전학을 오면서 아무에게도 작별 인사를 하지 못했던 것이다. 쌍둥이 언니와 희현이와 헤어진 것도 슬펐지만 매일 만났으면서도 한마디 인사도 없이 떠나온 것이 아직도 마음에 남았다. 평소엔 속을 잘 보이지 않은 영경이지만 이번에 친구들을 만나면 그때 전희은 너무 갑작스러웠다고, 미안했다고 웃으며 이야기를 꺼내 볼 생각이었다.

준비를 끝낸 영경이는 거실로 나가 이것저것 챙겼다.

"왜?"

영경이는 조금 전부터 자꾸만 쳐다보는 큰오빠에게 물었다.

큰오빠는 웃음이 나오는 걸 억지로 참았다. 영경이가 처음 화장을 시작했을 때가 생각나서였다. 그땐 차마 못 봐 줄 정도로 엉망이었다. 마치 다른 사람의 옷을 입고 있는 것처럼 어색하고 어설퍼서 그게 뭐냐고 핀잔을 준 적도 여러 번이었다. 그러나 지금 화장을 한 영경이 얼굴은 자연스럽고도 예뻤다.

영경이가 생각에 잠겨 있는 큰오빠에게 말했다.

"오빠 군대 언제 갈 거야? 남자는 군대를 다녀와야지."

군대 이야기는 영경이가 벌써 여러 번 큰오빠에게 물어본 말이었다.

어릴 적 영경이는 오빠들을 놀리고 어른들 뒤로 쏙 숨어 버리거나, 시시때때로 오빠들을 화나게 하는 얄미운 동생이었지만 어느새 가족을 생각할 정도로 어른스러워져 있었다. 힘든 일이 있거나 먹고 싶은 것이 있을 때면 큰오빠를 찾을 정도로 의지하고 따랐다. 큰오빠는 자신의 군대 문제까지 신경을 쓰는 동생이 대견했다. 영경이 말대로 이참에 군대 문제를 진지하게 생각해 보기로 했다.

'불여우 같은 짓은 혼자 다 하더니 언제 이렇게 컸냐.'

큰오빠는 뿌듯하면서도 그동안 보살피지 못한 것 같아서 미안했다. 이제 큰오빠에게 영경이는 까불고 약은 아이가 아니었다. 한참이나 어리지만 힘이 되어 주는 가족이었다. 내 동생, 오늘 좀 예쁘네. 큰오빠는 영경이를 돌아보며 혼잣말을 했다.

영경이는 신발을 꿰고 밖으로 나왔다. 며칠째 황사로 흐렸던 하늘이 화창하게 개어 있었다. 누군가 뽀드득 소리가 나게 잘 닦아 놓은 것처럼 투명한 햇살을 쏟아 냈다.

집 앞을 막 벗어나려는데 아빠가 영경이 눈에 들어왔다. 아빠가 화단 안에 있었다.

아빠 손엔 며칠 전 영경이가 식목일 봉사 활동을 다녀오면서 얻어온 블루베리 모종 두 포기가 있었다. 톡 부러질 것만 같은 가녀린 줄기에 겨우 잎 네댓 개를 달고 있는 모종을 아빠는 작은 구덩이를 파서 심고 흙을 다졌다. 무심하고 투박한 아빠 손길에 블루베리가 화단 한곳에 자리를 잡았다. 영경이는 돌아서며 빌었다.

'잘 자라라, 예쁜 아이들.'

지금 블루베리는 뿌리를 내리고 키가 껑충 커 올랐다.
굵어진 줄기에 많은 잎을 달고 여전히 그 자리에 서 있다.
난 잘 있어요, 당신도 잘 지내요.

예은이의 웃음소리

안산 단원고 2학년 1반 **김예은**

1. 아빠, 동생 예지 그리고 예은이.
2. 장난기 많은 예은.
3. 선일중학교 걸그룹.
같이 뭉쳐 다녔던 친구들이 예은이 영정을 들고 사진관에 가서 찍은 사진.

예은이의 웃음소리

소녀들이 발랄하게 지저귀는 소리가 문밖으로 새어 나오고 있었다.

문을 열고 들어서자 예은이네 거실에 앉아 있던 다섯 명의 여고생들이 발딱발딱 일어섰다. 처음 본 손님을 관찰하는 호기심 어린 표정. 수줍은 듯 살짝 아래로 내리깔고 있는 시선. 누구지? 글쎄. 아우, 어색하다, 야. 서로 마주 보며 속으로 나누는 대화들.

"예은이에 대해 듣고 싶어서 왔어. 중학교 때 예은이랑 친했던 친구들이라기에."

'예은이'라는 소리에 소녀들의 얼굴이 부드럽게 스르륵 풀린다.

"우리는 선일중학교 걸그룹이었어요."

"맞아 맞아. 여덟 명이나 같이 몰려다니니까 선생님들도 걸그룹이냐고 했었어요."

예은이까지 모두 여덟. 선일중학교 2학년, 3학년 시절에 걸그룹처럼 뭉쳐서 무엇이든 함께했던 친구들. 각자 다른 고등학교로 뿔뿔이 흩어졌지만 단체톡방에서 서로의 소식을 나누고, 생일을 축하해 주고, 시험이 끝나면 만나서 떡볶이도 먹으러 가곤 했던 친구들. 일 년 전 먼 곳으로 이사를 간 친구 하나, 바쁜 일이 있어 오지 못한 친구 하나. 둘을 뺀 나머지 다섯이 오랜만에 예은이를 찾아왔다.

예은이까지 모두 여섯, 크로스.

"예은이는 어디서든 분위기 메이커였어요. 예은이가 있으면 웃을 일도 많고 재밌었는데."

'정말? 내가 정말 그랬어?'

"예은이 취미가 언제 어디서나, 무슨 일이든 동영상을 촬영하는 거였어요. 다 같이 모여서 놀거나 뭐 먹으러 갔을 때에도 몰카처럼 동영상 찍어서 카톡방에 올리고, 가끔씩 밤에 자장가 불러 주는 셀프 영상 찍어서 올리기도 했어요."

"예은이의 요리 교실 영상도 있었잖아."

"나한테 예은이가 찍은 영상 몇 개 있는데."

"나도 조금 갖고 있어. 자장가 보내 준 거랑 스파게티 만드는 법 알려 준 거."

"아, 나도 그거 있어. 또 어떤 게 있는지 볼까?"

'우와, 다들 갖고 있었네? 역시, 짜식들.'

갑자기 모두들 간직해 뒀던 동영상들을 공개하기 시작했다. 재미있고, 웃기고, 때로는 유익하기까지 하고, 때로는 매우 엽기적이며, 의미를 알 수 없어 어리둥절해지는 영상이 잔뜩 있었다. 동영상만 보고 미루어 짐작하기로 예은이는 다재다능한 사차원 소녀?!

"그러다가 우리끼리 UCC 만들어서 '희망버스 꾸미루미'라는 청소년 공모전에 응모해서 상도 받았어요. 그 영상 촬영도 예은이가 한 거였어요."

"맞아요. 제가 시나리오 쓰고 우리 모두 역할 하나씩 맡아서 연기했는데 예은이는 연기도 하고 촬영도 했어요."

"아, 그때 정말 웃겼는데."

'진짜 웃기고 재미있었지. 우리 참 많은 것들을 함께했구나.'

"너 걸어가는 장면에서 어색하다고 예은이가 몇 번이나 다시 찍었잖아."

"맞아. 완전 발연기였지."

"야, 그만하면 잘한 거지 뭘 그래."

"그런 말이 나와? 아하하하."

소녀들이 보여준 UCC 입상 작품은 부자연스러운 발연기로 가득했지만 따뜻하고 즐거운 웃음이 저절로 나오는, 꽤 괜찮은 작품이었다. 사고로 손을 다쳐 그림을 그릴 수 없게 된 미술 학도가 왼손으로 연습을 해서 예전의 실력을 회복하고 전시회도 연다는 내용. 예은이가 핸드폰을 들고 쫓아다니며 촬영을 한 뒤 컴퓨터로 파일을 편집해서 만든 영상이라는데 흐름은 꽤 자연스러웠다. 다만 중간에 의사 역할로 등장한 예은이의 연기도 발연기인 것은 어쩔 수 없는 사실. 예은아, 팔에 피를 흘리며 찾아온 환자에게 그렇게 느슨하게 붕대를 매 주면 어떡하니.

'제가 노래는 쫌 되는데 연기엔 재능이 없더라구요. 크크.'

"우리는 좋아하는 남학생도 없이 여자들끼리 재미있게 놀았어요."

"그래도 좋아하는 연예인은 있었잖아. 예은이는 비스트의 요섭 오빠 좋아했어요. 드라마 〈학교〉 촬영장에 구경 갔다가 탤런트하고 사진도 찍었고요."

"예은이가 또 아이언맨 덕후였잖아."

"아, 맞아. 언제 돈 모아서 아이언맨 피규어 하나 사 줘야겠다."

'꺄, 아이언맨. 아이언맨은 진리입니다요. 하하하.'

"생각해 보니 재미있는 일이 많이 있었네. 돈 들이지 않고, 한 집에 몰려가서 라면 끓여 먹고 같이 잠자고, 그런 것만 해도 즐거웠잖아."

"고등학교 가서도 자주 만나자 했는데, 서로 다른 교복 입고 만나서 어릴 때처럼 놀아보자 했는데 점점 바쁘다고 연락 많이 못 했던 게 가슴 아파요."

"그래도 우리 서로서로 생일은 꼭꼭 챙겨 줬잖아."

"제 생일에 예은이가 카톡 보내 준 거 아직도 갖고 있어요. 보여 드릴까요?"

'…… 중학교 때에도 고마웠고 지금도 고마워. 정말 고맙고 사랑한다, 임마. 하트 이모티콘 같은 거 날리지 않아도 진심 생축이야……'

"내 생일엔 예은이랑 둘이 대기만성 반지를 했어요. 그러고 나서 이번에 예은이 보낸 뒤에 나머지 친구들 모두 똑같은 걸 했고요."

'나도 그 반지 늘 끼고 다녔지롱.'

소녀들의 통통한 손가락엔 모두 똑같은 우정 반지가 끼워져 있었다. 반지에 새겨진 글자는 대기만성. 소녀들이 고른 단어치곤 제법 묵직한걸?

"대기만성이요? 그냥, 우리가 지금은 서울에 사는 애들도 아니고 가진 것도 별로 없지만 이다음에 어른 되면 돈 모아서 같이 배낭여행도 가고 멋있게 살자 그랬거든요."

"프랑스 가보고 싶다 그랬잖아, 우리."

"베르사유 궁전에는 꼭 가 보고 싶다 했는데…… 괜찮아요, 우리가 예은이랑 같은 반지 끼고 있으니까 어딜 가든 같이 가는 거예요."

'짜식들. 맞아, 우린 언제나 함께 있는 거야.'

너랑 나랑 같은 반지를 끼고 있으니 어디서 무얼 하든 우리는 함께 있는 거다. 어른들 같으면 닭살 돋아서 차마 하기 어려운 말이었지만 소녀들의 눈빛은 진지했다. 너를 보냈지만 보낸 게 아니다. 너는 영원히 내 마음속에 있다. 진실하고 단호한 믿음. 흔들리지 않는 굳센 마음. 아아, 예은이는 행복한 아이로구나.

그때, 예은이 동생 예지가 집에 들어섰다. 예은이랑 꼭 닮은 얼굴. 하지만 엉뚱한 구석이 보이는 예은이에 비해 차분한 인상. 예지는 언니에 대한 얘기를 많이 하지는 않았다.

"언니랑 자주 싸우고, 가위바위보 해서는 진 사람한테 심부름 시켜 먹고, 그냥 막 툭탁거리며 살았어요. 그냥 그랬어요. 보통 자매들처럼 평범하게 그냥."

"생각나는 다른 추억은 뭐 없어?"

"별로 없는데요."

하지만 단원고의 예은이 책상에 써서 붙여 둔 편지에는 언니를 잃고 어쩔 줄 몰라 하는 예지의 여린 마음이 드러나 있었다.

'언니가 아무렇지도 않게 문을 열고 들어설 것 같은데, 그래서 오늘도 기다리고 있는데, 그 기다림이 벌써 일 년이 되었어. 언니.'

“그래도 예은이 얘기하는 거 들으면 동생 많이 아끼는 마음 알 수 있었어요. 동생 걱정도 많이 했고요. 그렇지 않아?”

‘그치? 니들 다 알지? 내 동생 예지. 나랑 성격 많이 다른 예지. 어떨 땐 오히려 나보다 더 언니 같았던 예지. 부모님 마음 아플까 봐 지금도 겉으론 별 내색도 안 하는 어른스러운 예지. 내 동생 예지 가끔 챙겨 줘, 얘들아.’

“우리가 예지도 신경 써 줘야겠지요.”

“우리, 할 일이 아주 많아요. 어른 되어서 각자 다른 곳에서 흩어져 살게 되어도 예은이 보낸 날이면 다 같이 찾아가서 잘 지냈는지 인사하고, 그 참에 우리도 한번 뭉치고……, 그렇게 살 거예요.”

“예은이 힘들고 무서울 때 지켜 주지 못했는데 다시 혼자 두진 않을 거예요.”

“예은이가 은근 겁이 많았잖아.”

“근데 니들 그거 생각나? 예은이 정의감도 완전 넘쳤어. 전에 나 길에서 이상한 남자애들 만나서 곤란했을 때, 예은이가 112에 신고해서 도와줬잖아.”

“맞아 맞아.”

‘음하하하, 이 언니가 때로는 짱 짱 용감했지. 안 그러냐? 키키.’

“예은이는 우리 힘들 때면 꼭 도와줬잖아. 내가 얼마 전에 단원고 친구한테 들었는데, 예은이가 세월호 안에서도 마지막까지 친구들 내보내려고 애 많이 썼다 하더라고.”

“정말?”

“응, 1반 반장하고 같이 목이 쉬도록 소리를 지르면서 애들 내보냈다고, 예은이 쉰 목소리를 잊을 수가 없다 하더라.”

“우리 예은이가…… 그랬대?”

옆에 앉아 아이들 재잘대는 얘기들을 별 말없이 듣고 계시던 어머니가 처음으로 입을 떼셨다.

“우리 예은이가…… 그랬구나……”

어머니는 만감이 교차하는 표정으로 어딘가를 멍하니 보며 "그랬구나, 그랬구나"를 되뇌셨다. 그럴 줄 알았어, 우리 예은이. 사랑하는 우리 딸.

'엄마, 미안해. 나도 얼른 나왔어야 했는데, 그런데 친구들 돕다 보니 그렇게 됐어. 그래도 괜찮아, 엄마. 난 이제 다 괜찮아, 엄마.'

'그래, 잘했어, 우리 딸. 예쁜 우리 딸.'

잠시 후 어머니는 다시 별 말없이 아이들에게 탕수육 더 먹으라고, 딸기도 먹고 포도도 먹으라고, 계속해서 먹을 것을 챙겨 주셨다.

"우와, 배불러요, 어머니."

'기집애들, 더 먹을 수 있으면서 내숭은. 다이어트는 언제나 내일부터. 몰라?!'

예은이네 집에서 예은이에 대한 이야기를 하는데 예은이 가족들은 그다지 말이 없고 예은이 친구들만 끝없이 할 말이 샘솟았다.

"우리 체육 대회 때 생각나? 그때 우리 반 애들이 조용한 편이라서 우리가 나서서 응원도 하고 그랬잖아."

"맞다. 예은이랑 우리가 이끌어서 분위기 다 살렸는데."

"예은이 웃음소리가 워낙 우렁차고 호탕했잖아. 와하하하, 웃으면 다들 따라 웃었지."

"그러고 보면 우리, 중학교 시절, 참 좋았었구나."

"그러네."

'그랬지. 좋았지. 완전 좋았지.'

어쩐지 다들 조금씩 말이 없어지고 속으로 각자의 마음속에 남은 예은이 모습을 떠올리며, 그 모습을 매만지며, 쓰다듬으며, 현실 같은 추억을 되새기고 있었다.

와 본 사람은 알겠지만 안산 고잔동의 벚꽃길은 눈부시게 아름답다. 어려서부터 안산에서 자라온 예은이는 봄에 벚꽃 피면 고잔동 벚꽃길을 걸으며, 여름에는 그 아래 화정천에서 물놀이하면서 살았다. 엄마와 아빠를 골고루 섞어 닮아 얼굴형도 이쁘고 눈도 반짝반짝, 특히 시원하게 웃는 입매는 배우 줄리아 로버츠 못지않게 예쁜 예은이.

'어머, 제가요? 작가 선생님, 괜히 과장하시는 거 아니죠? 크크크.'

엄마와는 언제나 친구처럼 편하게 지내며 대화도 많이 했다. 할 말이 너무 많아 늘 흥분한 듯 손으로는 화려한 제스처를 써 가며 다다다다— 빠르게 말을 쏟아내 엄마를 정신 없게 만들었는데. 아빠하고는 사춘기에 들어서며 어쩐지 서먹한 사이가 돼 버렸지만, 첫딸을 데리고 천진하게 놀아 주던 아빠의 사랑은 예은이 마음 깊숙이 끈끈하게 남아 있다.

'엄마 아빠, 나는 잘 있어요. 두 분도 많이 웃고 건강하게 지내세요. 엄마 아빠는 웃을 때 인상 훨씬 좋아지신다니까.'

두 살 어린 동생이지만 어쩐지 언니 같기도 했던 예지. 문과생인 예은이에 비해 이과생인 예지는 수학도 잘했다. 그래서인가, 부모님의 기대도 예지에게 더 쏠려 있는 것 같아 질투가 난 적도 있었다. 하지만 어렸을 적 사진을 보면 예은이는 항상 동생 예지를 감싸듯 끌어당겨 볼까지 갖다 댄 채 꼭 안고 있었다.

'언니가 너한테 사랑한다는 말 한 적 있었나? 내 동생, 예지야. 영원히 널 사랑해.'

넉넉하진 않았지만 딱히 부족함은 없었고, 공부를 엄청나게 잘하는 건 아니었지만 늘 자신감 있고 호기심도 많았다. 신설 학교인 단원고에 붙었을 때엔, 자매 같았던 친구들과 뿔뿔이 흩어지게 된 아쉬움이 있었지만 새로운 희망과 각오도 많았다. 단원고에 들어가게 된 바람에 이런 일이 생긴 건가, 왜 하필 우리인지, 억울한 기분이 든 적도 있었지만, 돌이켜 보면 단원고에서의 시간도 행복하고 좋았다.

'누구 탓 같은 거 안 하고 싶어요. 나 김예은, 인생 쿨하게 살아왔다구요. 하하하.'

육식 소녀였던 예은이는 특히 돈가스 먹는 모습이 탐스럽고 예뻤는데, 그렇게 먹어

됐지만 상체에는 살이 붙지 않아 늘 날씬했고 대신 하체만 약간 튼실하게.

'잠깐만요, 선생님, 스톱. 그건 제 잘못이 아니라고요. 집안 내력이라니까요. 꺅.'

말할 때 일본어를 섞어서 말하는 게 유행이던 때가 있었는데 예은이는 친구들 사이에서도 아주 적절하게 자주 일본어를 섞을 수 있는, 일본어 능력자였다.

'야레 야레, 와타시 겁나 민망데스네.'

삼선 슬리퍼를 신은 채 하루에 한 번씩은 복도를 전력 질주한 예은이. 추위를 많이 타서 겨울이면 옷을 겹겹이 입고 다닌 예은이. 소녀들이 흔히 셀카 찍는 예쁜 각도가 아니라 오히려 아래에서 턱살이 겹쳐 보이게 셀카를 찍은 뒤 페북에 올리며 재밌어한 예은이. 친구들과 함께여서 인생이 더 충만하게 꽉 찼던 예은이. 친구들의 인생길에 영원히 함께 있을 예은이.

'너희들 내 페북에 쓴 거, 문자 보내고 카톡 보낸 거 내가 다 읽었어. 고3 되니까 다들 좀 힘든가 봐. 힘내. 내가 시험 볼 때 모르는 거 잘 찍게 도와줄게. 하하. 꿈속에 한 번만 나와 달라는 요청이 많은데 내가 여기서도 인기 폭발이라서 말이야. 그래도 너희 얘기 다 듣고 있으니까 힘든 일 있으면 한 번씩 나한테 털어놓으라구. 내가 다 들어 줄게.'

"아유, 바깥에 날씨 좋네. 집 안에서만 이러고 있지 말고 이제 그만 나가서 놀아. 너희들끼리 재미있게 놀아. 그리고 다음에 또 와."

예은이 어머니가 문득 입을 떼며 어쩐지 멍하니 앉아 있는 아이들의 등을 두드려 주었다.

아이들은 쭈뼛쭈뼛 걸어가다 몇 번씩 뒤를 돌아보며 어머니께 꾸벅꾸벅 인사를 했다. 어머니는 한참 동안 그 자리에 서서 계속 손을 흔들어 주셨다.

"그래, 얼른 가. 가서 재미있게 놀아."

'얘들아, 잘 가. 사랑해.'

바람이 살랑 불어서 머리칼이 날리는데 문득 예은이 목소리가, 예은이 웃음소리가 들려오는 것 같아 소녀들은 잠시 두리번거리며 고개를 갸우뚱했다. 아닌가? 그러고는 머리칼을 넘기며 가던 길을 계속해서 걸어갔다. 예은이도 푸른 하늘 위를 씩씩하게 걸어갔다.

유려한 강물의 기운을 타고난 아이

안산 단원고 2학년 1반 **김주아**

1. 중학교 3학년 때.
2. 중학교 졸업 앨범에 넣기 위해 여름휴가 때 찍은 가족사진.
네 장 뽑아서 가족들이 지니고 다녔다. 당연히 주아 지갑에도 들어 있었다.
3. 주아가 다섯 살 때, 어느 봄날 오후 어린이집에서 흙놀이 하다가 찍은 사진.
나중에 주아가 가위로 자기 모습만 오려 놓았다.

유려한 강물의 기운을 타고난 아이

주아. 1997년 4월 10일에 태어난 아이. 아침 7시 28분에 울음을 터뜨렸으니 태어날 때부터 부지런했던, 유려한 강물의 기운을 받고 난 아이. 강물은 밤에도, 새벽에도 쉬지 않고 흐르니까.

먼저, 주아가 이 세상에 오기까지 몇 가지 필연의 단계를 거치게 된다. 전북 부안 출신의 씩씩한 청년이 있었다. 그는 모 기업 건설 회사에 입사하여 3년간 해외 근무를 마치고 돌아온 다음 광양제철 공장 건설 현장으로 파견이 된다. 그곳 사무실에는 여상을 갓 졸업하고 입사한 벌교 출신의 아가씨가 있었다. 출중한 미모가 눈에 쏙 들어왔다. 둘은 가까워졌고 결혼하기로 약속을 했다.

결혼은 쉽지 않았다. 우선 나이 차이가 많았다. 청년은 청첩장을 먼저 만들어 아가씨 집으로 찾아갔다. 그렇다면 최소한 궁합이라도 보자며 어머니는 방어막을 쳤다. 청년은 궁리하다가 어머니가 찾아갈 예정인 점집을 알아냈다. 그리고 밤에 먼저 쫓아가 약간의 뇌물을 먹였다. 궁합보다 더 크고 강렬한 게 사랑이니까. 당시 한 번 보는 데 2만 원이었는데 그는 5만 원을 주었다. 점쟁이는 부탁을 들어주었다. 단, 일요일은 안 좋으니 토요일에 식을 올리라고 조언했다. 덕분에 청년은 예식장 날짜를 바꾸고 청첩장도 다시 찍어야 했다.

첫째 딸이 태어났다. 청년은 아빠가, 아가씨는 엄마가 되었다. 5년 뒤 4월 10일 아침. 둘째가 태어났다. 아빠는 둘째가 아들이기를 내심 바랐다. 그러나 여자아이였던 것. 조금은 서운했다는 게 아빠의 솔직한 고백이다. 생가지에 달린, 붉게 빛나는 홍시를 따지도 않고 그대로 입 벌려 삼킨 꿈을 꾸었던 엄마는 딸이라는 걸 알고 있었다.

주아. 기둥 주(柱)에 나 아(我). 이름은 할머니가 작명소에서 지었다.

주아 인생이 시작되었다. 9개월 만에 걷기 시작했다. 빨랐다. 그것도 그냥 아장아장이 아니라 러닝머신 위를 걸었다. 보통의 아이들은 첫돌 때 간신히 한 발자국 떼는 정도이다. 이 정도면 독보적인 운동 신경이다. 이것은 훗날 체육 시간 물구나무서기 시험 때도 빛을 발한다. 물구나무라는 게 보통 어렵나. 그러나 하루 저녁 연습을 하더니 다음 날 완벽하게 합격했다. 타고난 감각 아니면 하루 연습으로 어떻게 그것을 해낼 수 있겠는가.

걷는 것 정도는 가볍게 숙달한 다음 첫돌을 맞았다. 돌잔치 때 실타래를 집었다. 오래 살겠다는 주변의 풀이가 있었다. 아이는 자랐다. 자라면서 떼를 쓰거나 앙탈 한 번 부린 적 없었다. 전혀 속 썩이지 않았다는 소리이다. 어떻게 이런 아이가 다 있는가 싶을 정도였다. 이 버릇 또한 운동 신경처럼 오래 지속된다. 어느 정도인가를 알려 주는 장면이 있다.

온천 시추 작업을 하러 다니던 아빠 일이 잘 풀리지 않았다. 엄마가 회사에 취직하게 된다. 주아가 다섯 살 때부터 교회에서 하는 '잠언어린이집'엘 다니기 시작한 이유이다. 문제는 어린이집 끝나는 시간과 엄마가 퇴근하는 시간이 어긋난다는 것. 엄마가 퇴근 시간 되자마자 달려와도 7시. 어린이집 끝나는 시간은 4시. 시간 차이가 한참이나 났다. 고민이 깊어지자 아빠가 결단을 내렸다.

"우리 주아라면 해낼 수 있을 것이다."

그러니까 다섯 살짜리 아이 목에 보조키 목걸이를 걸어 준 것이다. 예상대로 아이는 혼자 문 따고 텅 빈 집으로 들어갔다. 누굴 찾지도, 칭얼대지도 않았다. 가방 내려놓고 요구르트를 찾아 한 모금씩 빨며 언니 공책에 그림을 그렸다. 보조키를 깜박 잊고 온 날에는 현관에 기대 앉아 언니나 엄마가 올 때까지 기다렸다. 그런 날은 종종 잠이 들곤 했다. 늦은 오후 햇살을 받은 채 약간 기울어진 모습으로 잠들어 있는 아이. 잠든 아이를 비추는 석양빛. 작고 여린 손. 앙증맞은 신발. 반쯤 열린 귀여운 입술. 다섯 살짜리 주아.

그 외에는 실컷 뛰어놀았다. 이제 그만 놀고 이것을 해라, 저것을 해라, 엄마는 그런 말 하지 않았다. 아이가 스스로 판단해 그만 놀 때까지 그냥 두었다. 부모의 욕심이 아이를 힘들게 한다는 것을 큰딸 키웠던 경험으로 인해 알고 있던 것이다. 첫째 아이에게는 보통 그러듯이 엄마는 일찍 공부를 시켰고 그것 때문에 버거워하는 것을 보고 둘째에겐 전혀 부담을 주지 않았던 것.

어느 철학자는 이렇게 말했다. '사람은 다른 사람의 목표를 내 목표로 한다.' 그러니까 부모나 선생님이 요구하는 것을 아이들은 자신이 원하는 것으로 받아들인다는 소리다. 그래서 성장한 다음 다른 사람의 것과 내가 하고 싶어 하는 것이 마음속에서 서로 충돌한다. 당연히 괴롭다. 이거 앓는 사람 의외로 많다. 주아 엄마 아빠는 그렇지 않았다. 어떤 사람들은 철학자의 어려운 책을 읽고 배우지만 이렇게 생활에서 스스로 깨달아 이미 그런 수준으로 살고 있는 사람도 있는 것이다. 아이는 그 덕에 어릴 때부터 자유로웠다.

"엄마, 하루가 너무 짧아."

어린 주아의 이 말은 나중까지 입버릇이 된다. 그리고 훗날 이렇게 말하게 된다.

"엄마, 그때 나를 맘대로 놀게 해 줘서 정말 고마워."

아이는 줄곧 어린이집을 나녔다. 유치원은 더 일찍 끝나기에 가기 어려웠고 주아 스스로도 어린이집을 좋아했다. 그리고 화랑초등학교에 입학한다. 이때부터 책임감 강한 리더십의 특징이 고스란히 드러난다. 거듭 반장을 한 것이다. 반장을 계속하게 된 배경에는 타고난 인성이 단단하게 깔려 있다. 다른 아이를 배려하고 자신의 것을 내세우지도, 강요하지도 않았다. 엄마 아빠한테 돈 달라고도 안 했고 심지어는 설날 세뱃

돈을 모았다가 필요한 책을 샀다. 자유로운 아이는 스스로 판단하기 때문에 철이 일찍 든다. 철이 일찍 든 아이들의 특징은 이렇게 부모의 잔소리를 듣지 않았다는 공통점을 지니고 있다.

주아는 모든 것을 그렇게 스스로 해냈다. 학원 고르는 것도, 옮기는 것도, 자신이 판단해서 선택했다. 할 수 있는 것과 할 수 없는 것, 해야 되는 것과 해서는 안 되는 것을 분명하게 정해 놓은 다음 그것들 사이에서 혼란스러워하지 않았다. 자신만의 영역이 분명했던 것이다. 학구열도 높았고 목표를 정해 놓으면 집중하여 이루어 냈다. 이를테면 이런 식이었다. 단원중학교 1학년 첫 시험에서 22등을 받았다. 반장인데도 그랬다. 주아, 충격이 어마어마해서 고개도 못 들었다.

"으, 쪽팔려."

그 순간부터 이 악물고 공부해서 다음 시험에는 원래의 자리로 돌아갔다.

초등학교 4학년 때 집이 고잔동으로 이사를 했다. 당연히 학교도 옮겨야 했다. 친구들은 물론 선생님들도 주아를 잡았다. '가지 말고 우리랑 계속 같이 있자……' 주아는 의리를 지키고 싶어했다. 덕분에 날마다 차에 싣고 등하교시키는 일이 고스란히 엄마 몫으로 떨어졌다.

아빠는 사업을 접고 협진교통에서 택시를 시작했다. 시간을 낼 수 있는 직업이라서 아빠는 봉사대에 들어갔고 그곳에서의 활동 때문에 이런저런 상과 감사패를 많이 받게 된다. 자주 받다 보니 특이한 상도 받았다.

주아가 아직 어린이집에 다닐 때 '엄마 아빠 요리 경연 대회'가 있었다. 제목에 분명 엄마 아빠가 함께 들어 있었는데 가 보니 남자는 주아 아빠 혼자였다. 요리로 엄마들을 이기기란 택시에 8톤 화물을 싣는 것만큼이나 어렵다는 것을 그는 알고 있었다. 그런데 주아가 기대가 잔뜩 들어간 눈초리로 아빠를 바라보았다. 어찌 안 그러겠는가. 그가 선택한 요리는 떡볶이. 그는 딸의 표정을 살피다가 즉석에서 아이디어를 냈다. 어묵을 잘라 별과 잎사귀 모양을 만든 것이다. 그날 주아는 아빠가 받은 '데코레이션상'을 직접 들고 왔다.

주아는 초등학교 다닐 때부터 남학생들에게 인기가 많았다. 그것을 보고 어떤 사람이 물었다.

"나중에 어떤 남자를 만나고 싶니?"

물어본 사람은 단호한 대답을 들어야 했다.

"나이 차이 안 나는 사람이 좋아요."

엄마 아빠가 나이 차이 많이 나는 것을 알고 그랬는지는 모를 일이지만 아이는 시원하고 분명했다. 고1 때 남학생이 접근해서 "좋아한다, 우리 사귀자"고 고백했다. 그 애와는 딱 3일 사귀었다. 그리고 그만두었다. 엄마 아빠는 그 이유가 궁금했다.

"저 멀리 공원으로 사진 찍으러 같이 가자는 거야. 가까운 곳도 있는데. 그래서 싫어. 이상하잖아."

그러니까 주아에게 있어서 남학생과 사귀는 것은 동년의 친숙한 관계, 대입을 앞둔 서로의 처지를 공유하고 힘을 북돋아 주는 정도였다. 데이트까지는 아니었던 것이다. 엄마 아빠는 스스로 원칙을 지키는 주아가 대견스러웠으나 언니는 달랐다.

"너 그렇게 하면 나중에 재미없게 산다. 남자 잘 못 만나."

주아는 가만히 있었다. 저가 생각해도 언니 말이 맞는 것 같기 때문이었다. 나이 차이 없는 사람을 만나겠다고 이미 말까지 했는데도 동갑인 고1 애를 사흘 만에 차 버렸으니……

"넌 너무 착해서 바보 같아" 소리도 했다. 그러나 주아가 볼 때는 언니도 크게 다르지 않았다.

남자 잘 못 만날 거라는 소리를 언니에게 듣기는 했지만 인기는 여전했다. 고등학교 2학년 때 이미 키가 168센티미터였으니까. 생머리 휘날리는 늘씬한 몸매의 소유자. 고1 담임 여선생님이 주아를 보고 '나이스 바디'라고 한 적이 있다. 친구들도 모두 인정했다. 하지만 주아는 그 말이 싫었다. "야하고 이상해서 기분 나쁘다"가 대답이었다. '선생님께 사랑받자'가 목표였던 주아에게는 처음 있는 일이었다.

그것보다 주아를 괴롭힌 것은 주근깨였다. 주근깨는 아빠가 물려준 것이다. 가방에 연고를 가지고 다녔고 수시로 거울을 들여다보며 짜내고 발랐다. 주근깨 빼는 수술을 하고 말 거라고 다짐한 날도 있었다.

언니는 주아가 아이일 때부터 잘 데리고 다녔다. 주아가 자유롭게 클 수 있는 데엔 언니 공이 컸다는 것을 알아서일까. 언니가 혼자서 울고 있으면 어린 주아는 언니를 감싸 안으며 달래 주기도 했다. 그렇지만 이제 언니는 주근깨 하나 없는 멋진 대학생. 언니 같은 대학생이 되고 싶었다.

아빠는 여경이나 여군을 권했다. 안정된 직장에 제복이 잘 어울릴 거라는 판단이었다. 그러나 싫다고 했다. 주아는 공상 과학 소설을 좋아했다. 우주 전쟁 같은 것 말이다. 그래서 보통의 아이들과는 다르게 좋아하는 연예인이 한 명도 없었다. 잘 알지도 못했다. 딱 한 번, 가수 서인국이 좋다고 말한 게 전부였다. 다들 하니까 저도 한번 해 본 것 정도였는데 주변에서는 주아가 서인국을 좋아한다고 여겼다. 그러려니 했다.

아이는 미래의 목표도 분명했다. 교사가 되고 싶어 했고, 그보다는 한의사가 되고 싶은 마음이 더 컸다. 1학년 초, 엄마 아빠는 3년을 목표로 적금을 넣기 시작했다. 3년 뒤 주아가 대학생이 되면 그쪽으로, 최소한 통학하기 용이한 전철역 가까운 곳으로 이사를 가기 위해서였다. 주아는 원광대 한의학과에 대해 혼자 자료를 찾아보고 다녔다. 그 모습을 보고 엄마 아빠는 '이러다가 나중에 우리 익산으로 이사 가는 거 아니야?' 생각했다.

이사 계획은 중 3학년 말에도 있었다. 고등학교 야간 자율 학습이 너무 늦게 끝나기 때문이었다. 그런데 가까운 단원고에 배정이 되어서 본인도, 가족도 모두 다행으로 여겼다.

주아 세례명은 '미카엘라'이다. 아기 때 받았다. 주아가 미카엘라가 된 배경을 설명하려면 시간을 좀 거슬러 올라가야 한다.

주아 친할아버지는 부안 새만금 사업 때문에 이주를 했다. 가서 보니 천주교 신자들이 많았다. 농사는 주변과의 협력이 필수이다. 할아버지는 입교의 필요성을 느꼈다. 특히 개신교와는 달리 술 마시는 것을 허용하는 분위기가 마음에 들었다. 농사와 막걸리는 자매지간이다.

술은 좋아하셨지만 할아버지는 성실함이 골수에 박힌 농사꾼이었다. 어떤 경우에도 새벽 4시에 일어나 삽 들고 논으로 나갔다. 세례와 더불어 이 새벽 4시는 대를 이어 주아에게까지 이어진다. 아빠는 택시 일 나가기 위해 날마다 4시에 깼다. 눈을 떠 보면 주아 방은 아직 불이 켜져 있었다.

"아직도 안 자고 공부한 거야?"

그렇다고 주아는 대답했다.

"잠을 푹 자야지."

"이제 잘 거야. 아빠 일어나는 것 보고 잘려고."

할아버지가 삽을 들고나간 새벽 4시. 아빠가 자동차 키를 들고나간 새벽 4시. 비로소 주아가 잠들던 새벽 4시. 그러면 아빠는 현관을 향해 반듯하게 놓여 있는 네 켤레 신발 중에 자신의 것을 신고 나갔다. 이것도 주아 작품이다. '신발은 그 사람의 평소 성품을 보여 준다'가 아빠의 신념이다. 주아는 아빠의 신념을 받아들여 하루도 빠지지 않고 식구들 신발을 현관 쪽으로 가지런히 놓아둔 것이다. 음식점 종업원처럼.

주아는 그림에 소질이 뛰어났다. 언니도 잘 그렸다. 어렸을 때 문제 풀이집을 주면 고개 돌리고 그림을 그렸으니까. 그러다 야단맞는 언니의 모습을 본 것일까. 아이는 집에서는 안 그렸다. 대신 밖에서 그렸다. 그리고 매번 상을 타 왔다.

예술고 보내자는 학원 선생님 추천이 있었다. 중3 때 작은엄마 소개로 사주를 다루는 심리학과 교수와 상담을 했다. 결론은 화가를 할 아이라는 것. 엄마는 시각 디자인 관련 학과 자료를 모두 구해다 주었다. 그리고 당장은 공부에 매진한 다음(한의사도 목표이니까) 고등학교 2학년 2학기 때부터 미술 입시 학원엘 다니는 것으로 계획을 정했다. 하지만 아빠는 반대했다. 힘들고 어렵다는 예술가는 안 했으면 좋겠다는 생각이었다.

엄미는 주아가 좋아하는 것을 다 해 주있다. 두 사람은 여행도 같이 잘 다녔다. 우선, 방학 때마다 벌교 외갓집을 다녔다. 죽이 잘 맞아 지루한 줄 전혀 몰랐다. 쇼핑도 자주 갔다.

한번은 엄마와 함께 쇼핑 갈 준비를 하고 있는데 쉬는 날이라 집에 있던 아빠가 말했다.

"아빠도 갈까?"

"아빠 간다고?"

"응."

"그럼 난 안 가."

우리나라 사람 누구나 알고 있다. 쇼핑을 할 때 여자와 남자의 차이를. 그 둘의 어마어마한 거리감을. 물론 아빠도 잘 알고 있었다. 그러니 빠져야 했다. 엄마와 주아는 모녀이면서 친구였다. 한쪽이 망설이면 남은 한쪽이 판단을 해 주었다. 서로가 최고의 조력자인 것이다. 인생 상담도 모두 엄마랑 했다. 둘은 영화도 자주 보러 다녔다. 〈변호인〉도 보았다. 주아가 한 가족이라는 것이 정말 다행이라고 엄마는 매번 느꼈다.

특이한 것은 바다를 그다지 좋아하지 않는다는 것이다. 해수욕장에만 가면 아팠다. 이유는 알 수 없었다. 엄마 아빠 고향이 바닷가인데도, 물의 기운을 받고 태어난 아이인데도 그랬다. 이야기했듯이 4월 10일은 주아 생일이다. 수학여행 가기 며칠 전이다. 주아는 언니에게 뜻밖의 주문을 했다.

"이번 선물은 신발로 사 줘."

전에 없던 일이라 엄마가 그 이유를 물었다.

"언니가 어떤 색의 어떤 신발을 사 주는지가 궁금해."

다섯 살 차이 자매. 대학생 언니를 보며 한의사와 화가의 꿈을 키우던 동생. 아마 언니의 미적 감각을 시험해 보고 싶었을 것이다. 그리고 언니의 반격. "조금 있다가 사 줄게." 동생의 의도를 눈치챘던 것이다.

엄마는 무슨 생각인지, 미역국을 끓이며 자르지 않았다.

"미역을 자르지 않고 먹으면 오래 산대."

아이는 맛있게 먹었다. 수학여행 갈 때도 아빠가 5만 원을 주면서 말했다.

"다 쓰고 와라."

엄마는 농협카드를 주었다. 언니가 대학교 졸업 기념으로 캐나다 거쳐 미국 여행을 다녀왔는데 그때 갈색 무늬 지갑을 선물로 사다 주었다. 아이는 서랍 속에 2만 원을 넣어 두고 3만 원과 카드만 그 지갑에 넣었다. 대신 고데기와 우산, 비옷 따위를 꼼꼼하게 챙겼다. 모든 게 주아다웠다.

어느 멋진 날

안산 단원고 2학년 1반 **김현정**

1. 현정이가 만화 콘티를 짠 20권 정도의 연습장에 등장하는 캐릭터.

2. 2014년 2월에 찍은 셀카 사진.

3. 2013년 봄, 벚꽃 필 때.

어느 멋진 날

눈이 반짝 떠져서 시계를 보니까 새벽 다섯 시. 난 화들짝 놀라서 이층 침대를 기어 내려갔다. 보니까 언니는 세상모르고 자고 있네! 미리 챙겨 놓은 옷과 가방을 더듬더듬 찾아서 슬그머니 방문을 열고 나왔다.

휴우…… 들키지 않았어.

나는 소파에 앉아서 뱀 허물 갈듯이 옷을 입고 화장실에 들어갔다. 춥다. 겨울이니까. 하지만 기분은 좋아. 오늘은 방학 첫날임!

허겁지겁 고양이 세수를 하고 거울을 봤다. 이런 말 좀 자화자찬이지만, 누군지 참 이쁘다. 여름 방학에 했던 쌍수(쌍꺼풀 수술)가 자리를 잘 잡은 것 같다. 비비에 립글로스만 바르는데도 이런 미모. 슬슬 다이어트만 하면 될 것 같은데?

그때였다. 손잡이가 거칠게 돌아간 건.

"현정아, 현정이냐?"

"아빠?"

할 수 없이 문을 열었다. 아빠가 내복 바람으로 부스스 서 계시네.

"잠 안 자고 뭐해? 어디 갈 거니?"

"네."

"어디? 이 새벽에?"

"A랑 오이도 가기로 했어요."

아빠는 잠시 나를 바라봤다. 좀 당황한 표정. 하지만, A랑 둘이니까…… 고개를 끄덕여 준다.

"아침은 어떡하고?"

"편의점에서 삼각김밥요."

"흠…… 잠깐만 기다려 봐."

아빠는 컴퓨터 방에 들어가서 점퍼를 들고나오셨다. 윗주머니를 뒤져서 5만 원 한 장을 건네신다.

"이거 가지고 가서 제대로 된 거 사 먹어. 너 용돈도 없잖아."

"아, 아빠 이래도 돼요? 엄마 알면……"

"비밀이야, 알지? A 기다리겠다. 얼른 나가 봐."

나는 아빠한테 등을 떠밀려서 현관문 밖으로 나왔다.

아니나 다를까 A가 계단참에 서 있다. A는 아주 어릴 때부터 우리 집 아래층에 산다. 우린 자주 수면 바지 차림으로 공원까지 달리고 옥상에서 훌라후프도 돌린다는. 버스 타고 오이도쯤이야!

"현정아, 빨리, 빨리!"

"아, 흐흐흐."

나는 미안해서 배시시 웃기만 했다. A는 그런 나를 잡아채서 달리기 시작했다. 내 손은 항상 땀이 많아서 미끄러지기 쉬운데, A는 놓치는 법이 없다.

가까스로 버스를 잡아탈 수 있었다. 새벽일 가는 사람들 몇몇 빼고는 버스는 거의 비어 있었다.

"우리 저기 앉을래?"

A를 끌고 맨 뒷좌석에 앉았다. 그리고 주섬주섬 가방을 열고 과자 봉지를 꺼냈다. 바삭바삭 과자를 씹으며 수다를 떠는 사이, 버스는 40분 넘게 새벽을 뚫고 질주했다.

깜깜하던 주변이 점점 희붐하게 밝아 오고 처음 보는 거리가 창밖으로 스쳐 간다.

"와…… 시간 여행하는 것 같아!"

"정말! 우리 오이도 가는 거 맞지? 너무 낯설다."

A와 나는 점점 말이 없어졌다.

버스 안에 들어차는 빛과 어둠이 우리의 얼굴 위에서 한없는 시공의 그물을 만들어 내었다. 종점이 되어 내렸을 때, A와 나는 2013년 겨울 오이도에 불시착한 두 마리의 외계인이 되어 사방을 둘러보았다.

"저기 봐! 빨간 등대!"

난 흥분해서 소리를 질렀다. 모든 공기가 다 짭쪼름한 이곳은 바닷가였던 거다.

"저기까지 달리기 내기할까? 진 사람 아침 쏘기!"

A는 벌써 등대를 향해 달리고 있었다. 우린 아무도 없는 오이도 선착장에서 이렇게 어린애처럼 경주를 했다. 고백하지만, 달리기는 내 주 종목이 아니야. A는 내 약점을 잘 알고 있었다.

등대는 상당히 멀었다. 전력질주 하다가 그만 맥이 풀려 버렸다.

"현정아, 많이 힘들어?"

A는 멈춰 서서 날 기다려 주었다. 우린 차가운 바람이 매섭게 부는 등대 길을 서로 기대고 걸었다.

"웃어, 머리칼 좀 치우고!"

회청색 바다가 시원하게 펼쳐진 그곳에서 셀카를 찍었다. 바닷바람이 머리칼을 가만두지 않아서 그리 잘 나오진 않았지만.

문을 연 음식점은 어디에도 없었다. 결국 우리는 편의점에서 아침을 해결해야 했다. 그 어디에서 먹었던 것보다 맛난 컵라면을 후루룩거리며 삼각김밥을 세 개씩 먹고서야 만족할 수 있었다.

"거기까지 가서 등대만 보고 왔어?"

"응."

"참, 너희들도 대단해."

"A가 11시에 수업 있대서 할 수 없었어. 그래서 새벽같이 간 거야."

"어련하시겠어요!"

"다음엔 오이도 같이 가…… 너랑 가면 또 다르겠지?"

"그럼! 나라면 도시락을 쌌을 거야."

B는 늘 그렇듯이 편안하게 내 얘기를 들어 주었다. A가 학원으로 간 후에 나는 B의 집으로 왔다. 점심 좀 얻어먹으려고.

"나 김치볶음밥 부탁해."

"알았어. 혼자 먹기 그랬는데 밥때 딱 맞춰 왔네!"

"아잉-, 매번 고마웡!"

내가 생각해도 난 애교가 많다. 하지만 대박이만큼은 아니지.

"대박인 어쩜 이리 잘생김? 개~잘생김!"

B가 요리를 하는 동안, 마당에 나가 대박이와 놀아 주었다. 이 풍산개는 강아지 때부터 예뻐해선지 집채만큼 커 버린 지금도 얼굴을 부비고 핥는다. 내 비비와 립글로즈까지 다 먹어치움.

"현정아! 얼른 들어와! 다 됐어!"

B가 나를 부른다. 이럴 때 B는 꼭 엄마 같다.

어머낫! 스팸 넣었구나! 이런 센스쟁이!

B는 흐뭇하게 웃었고 나는 허겁지겁 볶음밥을 먹어 치웠다. 스팸과 계란과 파와 흰 쌀밥이 탱글탱글 볶인 김치와 잘 섞여 내 입속에서 팡팡 씹힌다! 세상에서 B만이 낼 수 있는 이 맛!

에브리싱(EVERYTHING) 오키도키 참지 마 그냥 욱해욱해 예(YEAH)!

"뭐야, 현정아, 너 전화?"

아무나 다 데리고와 락캔롤 렛츠고(ROCK AND ROLL LET'S GO)!

"앗, 집이네."

"널리리맘보야? 태일이 부분?"

"응."

에브리싱(EVERYTHING) 오키도키 참지마 그냥 욱해욱해 예(YEAH)!

아무나 다 데리고 와 락캔롤 렛츠고(ROCK AND ROLL LET'S GO)!

"크크 못 말려! 현정아 근데 전화 안 받아?"

"어? 어…… 여, 여보세요?"

사실 난 개쫄았다. 새벽에 나온 거 엄마가 안 좋아했을 건데. 아빠가 변명은 해 줬겠지만.

"A랑 새벽부터 학원 갔다면서? 결심이 대단하다, 우리 현정이!"

"응……"

"방학 첫날이니까 너무 무리하지 말구, 얼른 집에 와! 엄마가 맛있는 거 해 줄게."

"네. 엄마!"

"참, 들어올 때 대여점 들리는 거 잊지 말고!"

"넹넹!"

그렇게 해서 나는 다정한 B의 전송을 받고 집으로 다시 기어들어 가고 있었다. B의 볶음밥을 폭풍 흡입한 바람에 배는 부르고 새벽부터 설쳐서인지 너무 졸렸다. 거의 갈짓자를 그리며 걸어가고 있을 때, 어디선가 확 깨는 목소리가 들려왔다지.

"야! 김현정! 어디 가!"

정신을 차리고 주위를 둘러보니 아, 여기는 집 근처 놀이터. 어느새 거의 집에 다 온

기였다. 그리고 내 앞에는 C와 다혜가 나란히 그네에 앉아 있었다. 그리고 더 황당한 건, 다혜가 입은 옷이 내 옷이랑 트윈룩!

"헐…… 뭥미?"

"헐, 그건 내가 할 소리!"

다혜와 나는 서로 바라보고 오만상을 찌푸렸다. 우린 헤어스타일도 같다. 뚜껑머리에 볼륨매직 넣은 생머리.

"야아- 실컷 같이 사 놓고 따로 입기 있기, 없긔??"

"김현정 너야말로! 전화라도 했어야지!"

나와 다혜는 죽을 듯이 노려보다가 갑자기 손을 잡고 배시시 웃기 시작했다.

"이거 정말 우리한테 딱이야! 완전 잘 골랐어!"

"그러게! 입고 보니 개좋아!"

"야, 니들 쌍둥이! 나 지금 소름 돋거든??"

C가 그네에서 벌떡 일어났다. C는 정말로 소름이 돋은 듯이 패딩 팔꿈치를 마구 비벼 대더니 힘없이 말했다.

"얘두라…… 내 영혼 탈갤이야. 이제 그만 좀 하고 앉아 봐……"

"왜? 무슨 일 있어?"

나는 얼떨결에 C가 앉았던 그네에 앉혀졌다. 그네가 출렁, 쇠줄에서 끼이익 소리.

"나, 고백받았어."

C의 얼굴이 붉어졌다.

"어머머, 웬일이야! 누구한테 받았어?"

"현정아, 너두 아는 애야. 우리 초등학교 때 진수. 진짜 얼레리 꼴레리다!"

다혜는 아주 놀려 먹지 못해 안달이 났다. 진수! 하하하! 그렇담 나도 얼레리 꼴레리.

"…… 나 사귈까?"

C의 얼굴을 찬찬히 바라보았다. C는 진지했다.

"너도 좋아? 진수?"

“음…… 조금. 근데, 이 기집애는 절대 반대래. 나 삐짐!”

“내가 언제 절대 반대래? 그냥 반대랬지.”

다혜는 입을 삐죽거렸다.

“연애하면 성적에 영향 있다, 안 그래?”

나는 다혜와 C가 얘기하는 걸 물끄러미 바라보았다. 얘들은 계속 이랬다. 친하지만 가치관이 달라. C는 항상 모험적이야. 다혜는 현실적이고.

“뭘 그리 고민해?”

“음?”

“나라면…… 누가 고백한다면, 난 사귈 것 같아.”

“김현정 니가? 푸하핫, 너 같은 모쏠이?”

다혜는 배를 잡고 구를 기세였다. 아니 이 사람아, 내가 모태솔로?

“왜 이래? 나, 무려, 태일이가 고백하면 사귈 거임!”

“하하하! 하하하하!”

“니들 지금 개그로 가는 거야? 나 진지하다고!”

“음…… 진수 같은 애라면 믿을 만하지 않아? 생각해 보니까, 너랑 잘 어울려.”

“그래. 진수라면. 그럭저럭 봐줄 만해.”

다혜도 고개를 끄덕였다.

“그렇지? 역시 현정이야~”

C가 씨익 웃는다. 그리고 팔짱을 끼고 기대 온다.

“에잇, 현정이는 내 꺼거든? 넌 진수한테나 가!”

다혜가 뒤로 돌아와 와락 어깨를 감쌌다.

C와 다혜가 등 뒤에서 토닥거린다. 참 따스하다.

“어? 눈 온다!”

다혜가 하늘을 가리켰다. 우리 셋은 함께 저 위 구름을 올려다봤다.

천천히, 천천히 흰 눈이 내려오고 있었다.

"얼른 들어와! 우리 현정이, 공부한다고 수고한다."

엄마는 내 가방을 받아서 눈을 털고, 또 내 외투에 남은 눈도 털고, 그리고 내 얼굴도 한 번 어루만져 주셨다. 난 왠지 찔려서 대여점 봉투를 내밀었다. 엄마가 전화로 부탁한.

"엄마, 《의자놀이》 빌려 왔어."

"어머, 그래?"

엄마 얼굴에 화색이 돌았다. 엄마는 문학소녀라서 공지영을 사랑한다. 나랑 언니는 만화만 빌리는데.

"현정아, 내 거는?"

"아빠, 《태백산맥》? 여깄어요. 완전 촌스러!"

책을 건네받으며 아빠가 살짝 신호를 줬다.

'현정아, 새벽 일은 내가 잘 둘러댔다.'

"고마워요, 아빠!"

갑자기 육성으로 감사가 터져 나와서, 나는 아빠에게 백허그를 하고 말았다. 와락!

"아이쿠, 우리 딸!"

아빠는 어쩔 줄 몰라 하며 멋쩍게 웃었다.

"뭐야, 뭐야! 나 빼고 둘이?"

언니가 다가왔다. 언니도 와락 아빠를 껴안는다. 아빠는 두 딸에게 샌드위치가 되어서 무아지경이 되셨다.

"얼른 와, 식기 전에 먹어!"

엄마가 식탁으로 우릴 불렀다. 불고기 전골이 보글보글 끓고 새우 샐러드도 한 접시. 우리 네 식구는 배부르게 먹었고, 책을 읽기 위해 각자 적당한 자리를 잡았다. 언니랑 나는 거실 바닥을 이리저리 굴러다니며 황미리 선생님의 전설적인 작품 《열혈여아》에 완전히 빠져들었다.

"언니, 언니, 빨리 좀 봐! 나 10권 다 봤다고!"

"좀 기다려. 아직이야."

난 뭐 마려운 강아지처럼 언니가 11권을 손에서 놓기를 기다렸지만, 언니는 나 따위 안중에도 없다. 할 수 없지. 포기하고 바닥에 길게 눕는 수밖에.

엄마는 소파에 가지런히 앉아서 독서삼매경이고, 아빠는 컴퓨터 방에 배 깔고 엎드려서 책장을 넘기고 있다. 언니는…… 만화책에 풍덩 빠진 모습이 귀엽다. 얄밉기도 하지만.

"현정아, 사과 먹을래?"

엄마는 내가 대답도 하기 전에 냉장고에 가서 사과를 꺼내 왔다. 베란다 창 너머에 날이 어둑해지고 여전히 눈이 내린다. 엄마의 사과 깎는 소리가 사각사각 눈 쌓이는 소리처럼 들려와서, 나는 스르륵 잠에 빠져들고 말았다.

그곳은 눈의 나라였다. 발 딛는 곳마다 소복소복 눈이 쌓였는데, 나는 엄마 옆에 바짝 붙어 걸으며 종알종알 수다를 떨고 있었다.

"나 새벽에 오이도 갔었어."

"뭐라구?"

엄마는 안 들린다는 듯이 손을 귀에 가져다 댔다.

"엄마, 나 A랑 오이도 갔었다구! 오늘 새벽에!"

엄마 귀청이 떠나가라 크게 소리를 질렀다. 그러자 엄마가 피식 웃는다.

"현정아, 너 나갈 때부터 다 알고 있었어."

난 부끄러워져서 엄마 손을 꼭 잡았다.

"속인 거 미안해 엄마. 그리구…… 이거!"

나는 주머니에서 핸드폰 고리를 꺼내 엄마에게 드렸다.

"이거 뭐야? 어머, 라바잖아?"

"오이도 편의점에서 샀어욤. 뇌물이에욤. 용서해 줄 거지?"

엄마는 못내 괴롭다는 표정을 짓더니 갑자기 눈을 뭉쳐 나에게 휙 던졌다. 퍽! 눈덩이가 제법 크고 아팠다. 앗, 투지다! 나도 눈을 뭉쳐 엄마에게 던졌다. 퍽! 엄마도 꽤 세게 맞았다.

하하하! 엄마와 나는 서로를 바라보며 웃기 시작했다. 웃음소리가 눈 위에서 데굴데굴 굴러다녔다.

"현정아, 아빠 차에 눈이 너무 쌓였어!"

과연 그랬다. 우린 어느새 집 앞에 와 있었고, 아빠 차를 비롯해서 동네 차들이 눈을 함빡 뒤집어쓴 채 줄지어 있었다. 엄마와 나는 장갑 낀 손으로 아빠 차 지붕에서 눈을 털어 냈다. 어둠 속에 하얗게 빛나는 눈덩이들이 아래로 털썩털썩 떨어졌다.

"엄마, 저 차도 털어 주자!"

"그래그래, 그 뒤의 차도!"

엄마랑 나는 어린아이처럼 차 사이를 뛰어다녔다. 우리가 지나간 거리의 차들은 대머리가 되어서 빤들빤들 가로등 불을 반사했다.

눈을 뜨니, 아! 집이다. 나는 소파에서 모포를 덮은 채 잠이 들어 있었다. 바닥엔 만화책이 뒹굴고, 주위는 조용하고.

안방 문을 열어 보니 엄마가 침대에서 주무시고 계신다. 왠지 고단해 보여서 주물러 드릴까 하다가 깨울까 봐 조용히 물러났다. 아빠는 컴퓨터 방 불을 환히 밝히고 아까 책 읽던 자세 그대로 엎드린 채였다. 아마 밤 새려다가 실패했나 보다. 거실에서 모포를 가져다가 살며시 덮어 드리고 불을 껐다.

그리고 지금 내 방에 들어왔다. 언니는 이층 침대 아래 칸에서 아기처럼 몸을 동그랗게 말고 잠들어 있다. 언제나 톡탁거리며 싸우지만, 누구보다 소중한 사람…… 나는 언니를 물끄러미 바라보다 책상에 앉았다.

탁상시계를 보니 새벽 1시가 넘었다. 나는 책장 뒤에서 자물쇠를 꺼내 첫 번째 서랍을 열었다. 내 만화 노트 서랍이다. 콘티를 꽉꽉 채운 노트들이 20여 권 들어 있는데, 아무도 모를 거다. 김현정이 이렇게 열심히 만화를 그리는 줄 그 누가 알까? 난 비밀이 있는 여자다. 그것도 아주 야심찬.

자, 이제 스탠드 불을 켰다. 지금부터 콘티 짜면서 밤을 샐 거야. 그냥 잘 수는 없잖아? 오늘같이 멋진 날에!

깊고 넓은 우주, 버릴 게 하나도 없는 우리 딸

안산 단원고 2학년 1반 **박성빈**

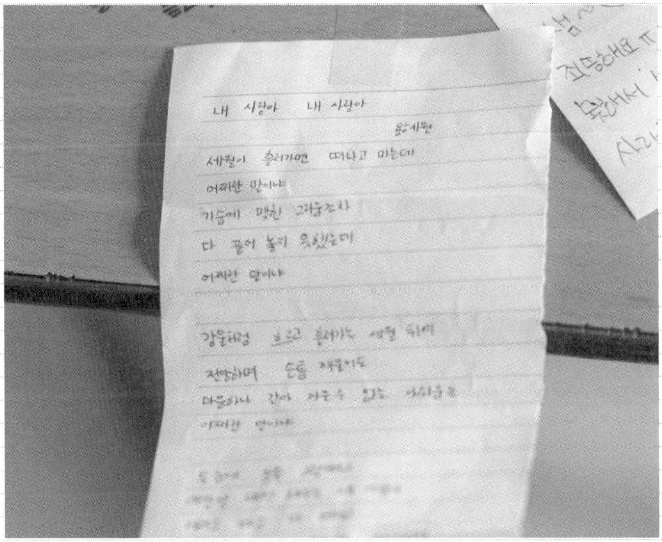

1,2. 언니와 함께 찍은 사진.

3. 성빈이의 독사진.

깊고 넓은 우주, 버릴 게 하나도 없는 우리 딸

내가 18년간 보아 온 너는 딸이기 이전에 나의 스승이었다.

너와 함께 머리를 맞대고 수학 문제를 풀던 저녁이었다.

"아빠, 이런 식으로 풀어도 되겠는데요?"

"어! 괜찮네. 괜찮아."

입시 학원에서 고등 수학을 가르치는 내가 보아도 참으로 기발하고 새로운 방식으로 문제를 풀어내는 너를 보면서 감탄을 하곤 했지.

같은 문제라도 여러 각도에서 생각해 내는 우리 딸. 내 설명을 잘 수용하면서도 자신의 생각을 키워 내는 성빈이. 답을 알 때까지 질문을 하는 아이. 끝까지 질문하는 아이. 깊이 있는 질문을 만들어 내는 아이. 네가 그런 아이였지. 아빠는 너에게 수학을 가르치면서 오히려 네게 배우는 즐거움을 선물 받았단다.

게다가 너는 끈기도 대단했지. 네가 아주 어렸을 때였을 거야. 어지럽게 뒤섞여 있는 퍼즐 조각들 앞에 꼼짝 않고 앉아 그림을 맞춰 완성하는 너를 보면서 우리 가족은 모두 놀랐단다.

500조각도 넘는 퍼즐은 아빠의 눈으로 아무리 보아도 구별이 되지 않는 미지의 영역이었지. 퍼즐의 제 위치를 찾아내고 아귀를 맞춰 하나의 그림으로 만들어 내던 너. 고흐의 명화 퍼즐이었던가. 너의 손끝에서 별이 빛나던 밤이 꿈틀거리며 살아났지.

너를 처음 만나던 날.

1997년 12월 4일. 그날을 잊을 수 없구나. 어떻게 그렇게 작은 아기가 예쁠 수 있는지. 안산의 산부인과에서 네 엄마 곁에 누워 있는 아주 조그만 아기. 갓 세상에 나온 아기였는데도 눈, 코, 입이 반듯하고 얼굴에서 빛이 나더구나. 너의 엄마와 나는 온 우주를 얻은 듯 가슴 가득 기쁨이 차오르더구나. 이후로 너는 아기 때의 그 고운 얼굴은 변하지 않고, 키만 커 가더라. 지금도 그게 참 신기해. 그 모습을 담아 주고자 아빠는 사진을 많이 찍었구나. 그래서 사진 속에 아빠는 없을 거야. 너와 엄마, 네 언니를 사진에 담아내는 일이 아빠의 행복이었단다. 아기 때의 모습. 사내아이처럼 짧은 머리를 했던 모습. 너는 네 모습을 '옥동자'라 부르면서 즐거워했지. 다섯 살배기 우리 딸, 의젓한 듯 포즈를 취한 초등학교 학생. 아홉 살 무렵 이사 왔을 때 모습. 엄마가 머리를 곱슬하게 말아 준 모습…… 너를 그리워하는 엄마는 지금도 그 사진을 보며 너무 아파하지.

너의 엄마는 사랑스런 성빈이 모습이 예뻐서 동영상 찍는 것을 좋아하셨어. 나중에 어른이 되어 시집가면 바빠서 자주 보지 못하게 될까 봐 그때를 미리 준비하기 위해 촬영을 했지. 너의 엄마가 카메라를 들고서 말하던 것 기억나니?

"나중에 나이 먹어서 우리 성빈이 보고 싶을 때 성빈이 목소리도 기억하고 성빈이하고 이렇게 재밌는 시간도 지냈었구나! 추억 거리를 남기려고 그러지."

"아이, 어차피 저랑 언니랑 계속 같이 살 건데요 뭘!"

"시집 안 가구?"

"시집가도 같이 살 건데요 뭘. 앞집 윗집 살라구요."

"성빈이, 마이 베이비, 사랑해."

"예-에!"

너는 아주 씩씩하게 말했지. 맑고 시원한 우리 성빈이의 목소리가 지금도 들리는 듯하구나. 그게 수학여행 가기 두 달 전이었나? 행복한 네 엄마의 웃음이 아직도 기억난다. 네 엄마는 결혼해서 살아 보니 바쁘다는 이유로 너의 외갓집을 자주 찾아가지 못했다는 것을 깨닫고 너도 커서 살다 보면 마찬가지일 것이라고 생각했어. 네가 커서 바쁜 생활 속에 아빠와 엄마를 찾아오지 못해도 부담스럽지 않게 하려고 미리 함께 지내는 시간을 담아 놓으려고 한 것이지. 너와의 이야기가 담긴 영상들을 보면서 지나온 시간을 추억하려고 한 것은 딸에 대한 엄마의 사랑이었지. 멋지게 자신의 꿈을 펼쳐 나갈 성빈이의 미래를 엄마는 배려해 주고 싶었던 거야.

이제 생각해 보니 엄마의 깊은 속마음을 우리 딸이 쏘옥 빼닮았구나. 또래 여학생들처럼 옷 욕심도 부리고 멋도 내야 하는데 너는 엄마가 메이커 교복을 해 준다고 할 때도 “엄마, 나라 경제가 어려워요. 교복은 한 개만 사세요. 요즈음은 교복도 공동 구매하는데 그게 싸대요. 괜히 메이커 교복을 사 주지 않으셔도 돼요”라고 말했지. 미국에서 공부하는 언니 학비 보내기도 힘드실 텐데 자신은 아무 것이나 잘 입으니 걱정하지 말라는 말도 덧붙이며. 그래도 엄마는 언니와 똑같이 해 주고 싶어서 교복을 두 벌 맞췄지. 그게 엄마의 마음이니까.

지금도 웃음을 짓게 되는 이야기가 있구나.

치마가 길고 헐렁한데 너는 아무렇지도 않게 입고 다녔지.

“성빈아, 무슨 조선 시대도 아니고 이게 교복 치마냐? 한복 치마지.”

보다 못한 네 엄마가 교복 치마 두 개 중에 하나는 좀 예쁘게 입으라고 수선집에 맡겨서 네게 맞게 고쳤어. 얼굴도 예쁘게 생긴 딸이 외모에 아무 관심도 없이 조선 시대 아낙네처럼 긴 치마를 입고 다니니까 맘이 쓰였던 거야. 그런데 아무리 보아도 너는 매일 통 크고 긴 치마만 입고 다니는 거야. 알고 보니, 같은 학교 복학생 언니의 치마가 찢어져서 당황하고 있기에 네 걸 주었다고 했지. 그것도 엄마가 예쁘게 수선한 치마를.

“저는 치마가 두 개잖아요. 하나 주어도 괜찮죠 뭘. 저는 넘치잖아요.”

늘 가진 것이 많다고 생각하고 주변의 친구에게 아낌없이 주는 너를 보면서 엄마와 나는 가끔 부끄러워지기도 했었다.

“널 어떻게 하면 좋겠니?”

엄마는 생각했지. 타고난 너의 밝은 천성을 인정하는 수밖에 없다는 것을. 곱고 예쁘고 날씬한 네가 헐렁하고 털털한 옷을 입고 다니는 것을 보면서 우리는 너의 독특한 개성에 즐겁기도 했어.

너의 그 검소한 생활의 바탕에는 따듯한 마음이 자리하고 있었던 것 같다. '스타킹 사건'도 생각난다. 엄마가 일을 하기 때문에 바쁘니까 네 스타킹을 한 번에 두 상자 사 주었지. 그런데 그 스타킹도 어느 날 보니 한 상자만 남아 있었어. 그 역시도 알고 보니 친구를 주었더라고. 네 친구는 스타킹 하나를 매일 빨아서 신어야 한다고, 친구네는 딸이 셋이니 더 필요할 것이라고. 우리는 이만하면 풍족하니까 더 욕심내지 않아도 된다고. 그래 너는 그런 아이였어. 남의 불편함과 아픔이 눈에 보이는 아이. 자신이 도울 수 있는 일을 찾아내어 실천하는 아이. 조금의 망설임도 없이 사람을 돕는 아이. 맑은 시냇물 아래 하얀 조약돌처럼 네 마음을 읽었던 일기가 생각난다.

성빈이의 일기, 2012년 2월 7일 화요일

Yes! 단축 수업했당~~!! 학원에서 오늘 선생님(부모님)께서 나에게 삼각김밥을 주셨다. 그것도 애들이 있는데.ㅜ^ㅜ 엄마께선 날 걱정하셔서 몰래 불러내셨는데 내가 계속 못 듣는 바람에 그러신 것이지만…… 다른 애들도 배고프잖아(배고픈 하이에나들……ㅋ) 그래서 못 먹겠더라. 삼각김밥 2개랑 귤 1개였는데, 삼각김밥을 먹어 보니까……!! 허걱! 직접 만드신 거셔……!!
내가 먹기 전에 친구들 한 입씩 먹게 했어. 그런데 애들이 '고마워 ㅜㅜ' 하면서 먹어. 먹기 부담스러워서 애들 없는 교실에서 먹으려다가 엄마께 걸려서 춥다는 이유로 원장실에서 먹는데 차마 넘어가지가 않아. 결국 애들이랑 돌려 먹은 한 개만 간신히 먹고 한 개는 남겼지. 귤은 주머니에 넣고 나와서 애들이랑 나눠 먹음.^^ 애들 배고플까 봐 귤 1개를 애들 5명이랑 나눠 먹으려고 까서 2쪽씩 나눠 줬거덩…… 그런데 한 사람 것이 딱 없는 거야…… 결국 난 안 먹고 애들 먹으라고 줬어. 그런데 애들이 보고 넌 왜 안 먹냐면서 귤을 한 쪽 건네는 거야! 그 말을 해 준 것만으로도 폭풍 감동!! 특히 그 애가 젤 배고파 보이던데.

일기의 제목이 '폭풍 감동'이었다. 엄마 아빠가 일을 하고 있어서 너의 밥을 못 챙겨 미안하고 안쓰러운 마음에 엄마가 준 삼각김밥을 너는 결국 다 먹지 못했구나. 내 배가 고프면 남의 배도 고플 것이라는 생각을 먼저 하는 우리 딸 성빈이. 귤 한 개도 혼자 먹지 못하고 제 몫까지 양보하는 아이. 그런 너를 배려하여 친구가 돌려주는 한 쪽 귤에 감동하는 아이. 너란 아이는 더 이상 작고 예쁜 아기가 아니라 사람들과 사회에 꼭 필요한 재목으로 자라나고 있었던 거야. 네가 자라나 펼칠 꿈을 우리는 늘 설레며 떠올려 보곤 했단다.

약자들을 위한 꿈을 가지고 있던 우리 성빈이. 사회의 잘못을 가려내고 약자들을 보호하는 판사가 되거나 외교관이 될 것이라고 주위에서 기대하고 있었어. 아마 네가 이런 꿈들을 가지게 된 계기가 아홉 살, 열한 살 때, 인도를 다녀오고 받았던 충격 때문이었을 거야. 그때도 너는 엄마에게 계속 질문을 했지.

"엄마. 도로를 중심으로 왼쪽에는 잘사는 사람들이 있고 반대편에는 다 쓰러져 가는 집에 아프고 병든 사람들이 살고 있어요. 똑같은 땅에 살고 있는 사람들인데 왜 이렇게 차별을 받고 사는 거예요? 저렇게 사는 것은 사람의 삶이 아닌 것 같아요. 엄마, 내가 나중에 커서 이런 문제를 해결할 수 있을까요?"

사회 문제에 대해 눈을 뜨기 시작하더니 너는 끊임없이 질문을 해 왔다. 시선이 분명해지고, 역사의식이 깊어지기 시작했지. 보이지 않는 것을 보려 했고 사물 하나를 보아도 안과 밖, 다양한 각도에서 보고 사려 깊게 생각했지. 네가 그리는 세상은 어떤 것이었을까?

의롭고 평화로운 세상이었겠지? 중학교 때 말이야. 너희 반에 왕따를 당하는 학생이 있었다. 어느 날인가 왕따를 주도하는 사납게 보이는 여학생들이 너를 화장실로 불렀다. 그러고는 왕따 학생과 어울리지 말라고 협박을 했지. 어울리면 너도 따돌림을 당할 것이라고. 그런데 겁도 없는 우리 성빈이는 또박또박 말했지. 나도 왕따시키라고. 엄마 아빠는 그 시기에 걱정을 많이 했어. 혹시 네가 괴롭힘을 당하면 어쩌나 하고 말이야. 그런데 참 신기한 일이지. 너를 겁준 그 아이가 나중엔 너에게 마음을 열고 우리 학원에도 오게 되었으니 말이야. 영숙(가명)이는 그때 가정에서 매우 외롭고 힘든 시기를 지내고 있었는데 성빈이가 그 사정을 알고 이해해 주었지. 오래 지내다 보니 영숙이도 참 착한 아이였어. 성빈이 덕분에 좋은 영숙이를 우리도 알게 되었구나.

네 주변에는 너와 닮은 멋진 친구가 많았지. 너와 함께 우리 집에 와서 공부도 하던 친구 도희. 한 1년간 너희들은 깨알 같은 글씨와 재미있는 그림을 그려 가며 교환일기를 썼지? 어쩌면 둘 다 그렇게 꼼꼼하고 성실했는지.

그리고 네 절친인 지윤이. 둘이 관산도서관에 다니면서 공부도 열심히 했지. 지금도 네 책상 서랍엔 도서관 확인증이 차곡차곡 정리되어 있구나. 토요일, 일요일도 없이 그 흔한 밸런타인데이, 화이트데이 같은 것에 하나도 신경 쓰지 않고 꾸준히 도서관에 갔더구나.

그런 성실함이 있기에 전교 1등도 하고 장학금도 받게 되었지. 네 졸업식에 아빠는 매우 놀랐고 또 자랑스러웠다. 네가 미리 귀띔도 해 주지 않아 아빠는 모르고 졸업식장에 갔잖아. 그런데 선생님께서 연수원으로 오라고 하셔 가 봤더니 장학금과 상장을 주셨지. 교장 선생님과 기념 촬영도 했잖아. 그리고 고등학교 입학식에서도 장학금을 받아 와서 "아빠, 필요한 것 있으면 사세요"라고 말했지. 아마 그때 너의 장학금으로 엄마의 보약을 지어 드렸지? 그 뒤로도 네가 성적이 좋아 장학금을 타야 하는데 너보다 아래 순위의 친구가 가정 형편이 어렵다는 말을 듣고 양보한 적도 있었구나. 그러고도 또 다시 새로운 장학금을 받게 되었을 때, 엄마는 기념이 될 만한 것으로 네 자긍심을 높여 주고 싶어 하셨어. 그래서 목욕탕의 욕조를 예쁜 것으로 바꾸었지. 물론 엄마 아빠가 더 투자를 했지만 말이야. 학교 갔다 오면 너는 엄마에게 자주 물었어.

"엄마, 오늘 여기서 목욕하셨어요?"

사랑스럽고 장난스러운 웃음을 짓던 네가 곁에 있는 듯하다. 너는 특유의 유머를 발휘해 엄마 아빠의 사소한 다툼의 중재자 역할도 곧잘 수행했지. 함께 설거지를 하면서 너는 내게 말했어. 그런 즐거운 저녁이 있었지, 우리에게.

"아빠, 엄마에게 잘 보이셔야 해요. 엄마가 이 집 소유주시잖아요. 이러시면 저도 쫓겨나요."

"엄마, 아빠가요. 새 여성 호르몬이 과다 배출되는 나이이니 엄마가 좀 이해해 주세요."

사람들이 너를 보고 엄마 닮았다고 하면 너는 집에 와서 말했지.

"아까 그분이 우리 아빠를 못 봐서 그래요. 제가 성격까지도 아빠를 닮았는데요."

너의 말을 들으며 아빠는 즐겁고 행복했다. 그러고 보니 행복한 순간이 참 많구나. 초등학교 때부터 너를 학교에 데려다주던 일. 가방을 메고 교문으로 들어서는 네 모습을 지켜보는 일. 봉사 활동 단체에서 우리 성빈이는 다음에도 꼭 왔으면 좋겠다고 전해 주던 말을 들었던 일. 너와 함께 〈해를 품은 달〉 드라마를 보면서 이야기를 나누던 저녁. 작고 귀여운 손을 잡고 함께 걷던 길과 멋지게 커 가던 너를 지켜보던 18년의 시간들. 그 말로 다 할 수 없는 순간들.

너를 기억하는 선생님들의 이야기도 생각난다. 중학교 때, 임신한 선생님께서 학교생활이 참 힘들었는데 우리 성빈이가 선생님을 배려하여 먼저 교무실에 와서 선생님 유인물도 받아서 아이들에게 나눠 주고 걷고 검사도 했다지.

중고등학교 선생님들은 우리 성빈이가 "항상 선생님들 힘드실까 봐 조심스레 묻는 자세가 너무 예뻤고, 철저히 예습, 복습도 잘하고 공책 정리도 꼼꼼해서 오히려 선생님들이 긴장했다"고 이야기 하셨어. 또 "수업 시간 10분도 허투루 쓰지 않는 아이는 성빈이가 유일하다"고 하셨지.

너는 그랬을 거야. 시간을 무척 아끼는 아이였으니까. 엄마가 마트에 함께 가고 싶어하실 때도 웃으면서 "다녀오세요" 하고 말했지. 물론 같이 가도 좋고 안 가도 좋다고 말하면서 엄마를 배려했지만, 시간을 조금이라도 아껴서 책 읽고 공부하고 싶어 하는 것을 네 엄마가 누구보다 잘 알고 있었지.

그런 네가 공부가 조금 어려운 친구들을 위해 매일 아침 20~30분 시간을 내어 도와주었다고 하는구나. 친구들이 힘들어하면 특유의 재치로 설득하면서 지속적으로 친구들의 공부를 격려해 주었다지. 자신의 시간은 엄정하게 아껴 쓰고 남을 위한 시간은 넉넉히 냈지. 시간뿐만 아니라 돈과 물건에 대해서도 너는 원칙이 분명했어. 초등학교 다닐 때에도 준비물로 가위, 풀을 한 개씩 더 챙겨 가서 없는 아이들에게 나눠 주었지.

어느 날 밤, 엄마가 설핏 잠이 들려는데 곁에 있던 네가 혼자 중얼거리는 소리가 들리더래. “A에서 사면 천 원에 6개를 사는데, B에서 사서 천 원에 4개를 샀네. 과소비를 했어.” 잠결에 너의 그 목소리를 듣고 엄마는 한참을 속으로 웃으셨다고 해. 너란 아이는 참.

생각할수록 너와 관련된 재미있는 일이 많구나. 전에 네 이모랑 독립기념관에 놀러 갔던 날. 3박 4일 읽어도 다 읽지 못할 분량인데, 너는 그 많은 전시물에 대한 설명을 자세히 기록하고 사진으로 남겼어. 엄마와 네 이모는 그런 네 모습이 나랑 비슷하다고 생각하셨지.

“재, 또 왔어.”

아빠랑 성빈이랑 둘이 찬찬히 다 둘러보면 세 시간도 더 걸리니까, 밖에 먼저 나가서 여유 있게 기다리기로 하셨단다. 너는 정말 나를 많이 닮았어. 아빠, 엄마 그리고 주위의 사랑을 듬뿍 받은 우리 성빈이.

누구보다 너를 많이 사랑한 사람은 네 언니일 거야. 언니가 너의 고민이 담긴 다이어리를 몰래 읽고 긴 편지를 써서 끼워 놓아도 너는 아주 좋아했어. 비밀을 엿본 언니에게 화를 내는 것이 아니라 오히려 신경 써 줘서 고맙다고 했지. 언젠가 네가 쓴 메모를 본 적이 있어.

‘언니 목소리만 들으면 시간이 빨리 지나간다.’

누구보다 언니를 따르고 사랑한 성빈이. 언니가 특이하게 잘 웃잖아. 눈이 아주 작아지게 웃는 모습도 아줌마같이 소리 내던 너털웃음도 넌 닮으려 했잖아. 언니가 미국에 있을 때도 너는 언니에게 고민도 털어놓고 좋은 문제집도 추천해 달라고 했지. 혼자 떨어져서 사는 언니가 더 힘들 거라고 언니 걱정을 더 많이 했지.

네가 좋아한 노란 고구마 케이크 위에 환한 촛불이 일렁이던 날. 너의 열여덟 번째 생일.

“성빈아, 생일 축하해. 우리 성빈이 벌써 열여덟 살이나 됐어. 기도하는 거야? 무슨

기도할까 우리 성빈이는?"

"소원은 말하면 안 이루어져요."

"너무나 행복하다 오늘. 아빠 엄마의 생일 카드 증정식이 있겠습니다. 꺼내서 읽어 보세요."

너는 엄마와 아빠가 쓴 카드를 천천히 읽어 나갔지.

"사랑하는 성빈이에게, 벌써 우리 딸이 18세가 되었네. 항상 아빠 엄마의 힘이 되어 주고 행복이 되어 주어서 고마워. 많이 많이 사랑해. 아빠 엄마가."

이 편지를 읽고 나서 넌 말했지. 아주 짧지만 길게 여운이 남는 말.

"아! 좋다!"

그날, 예쁜 우리 딸이 두 손을 모은 소원은 무엇이었을까? 아! 다시 네 목소리를 들을 수만 있다면. 성빈아, 우리 아가! 엄마 아빠의 딸로 와 줘 고마워. 사랑해. 언제나.

단원고의 이나영이라 불렸던 아이

안산 단원고 2학년 1반 **우소영**

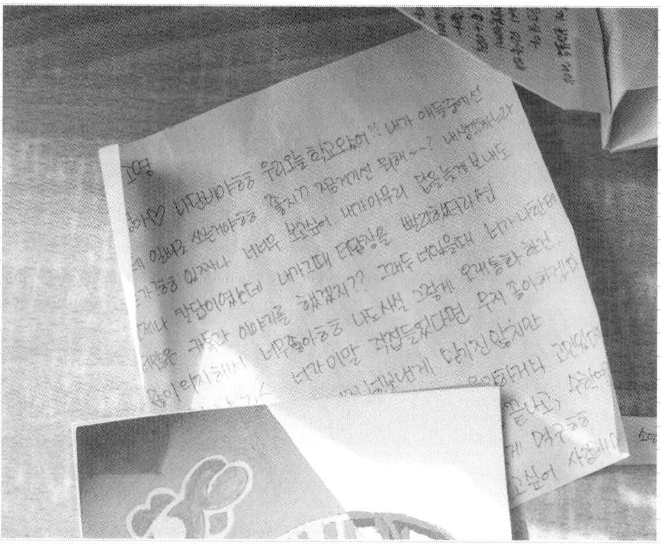

1. 2013년 8월 엄마 아빠, 오빠와 함께 제주도에서.
2. 네 살 소영이. 서울대공원으로 가족 나들이 갔을 때.
3. 교복을 입고 찰칵. '단원고의 이나영.'(1학년 때)

단원고의 이나영이라 불렸던 아이

소영아, 너의 열여덟 해를 기록하기 위해 네가 나고 자란 안산의 무수한 길을 따라 걸었다. 제일 먼저 너의 집, 녹원연립에서 아침마다 등교하는 너를 상상해 보았어.

수학여행을 떠나기 전, 그 무렵의 안산은 어땠을까. 화랑유원지를 따라 만개한 벚꽃들 하며 화정천 쪽에서 불어오는 향긋한 바람까지, 아마도 거리마다 봄마중이 한창이었을 거야.

그때의 넌 등굣길을 걸어가며 이어폰으로 〈벚꽃엔딩〉 같은 곡을 들었을까? 어쩌면 수학여행 장기 자랑에서 선보일 댄스 음악을 흥얼거렸을지도 몰라. 하지만 집과 학교가 지척에 있는 탓에 음악에 푹 빠질 새도 없이 교문 앞에 도착했겠구나.

"우쏘!"

너의 절친들인 효빈이가, 지성이가 그리고 네 짝꿍 영경이가 부르는 소리가 들리니? 너는 주위에 친구들도 많았어. 밝고 명랑한 성격에 탤런트 이나영을 빼닮은 미모의 소유자. 학교 친구들은 네 이름을 짧게 줄여 '우소'라고 하거나 '단원고의 이나영'으로 불렀다지?

다시 2학년 1반 햇빛이 잘 드는 창가, 맨 끝에 자리한 네 자리에 와 있어. 책상 위에는 네가 좋아했던 초코맛 과자류와 마른 꽃들, 그리고 너를 그리워하는 이들의 편지들이 놓여 있구나. 내성적인 친구에게 먼저 말을 걸어 주고 밝게 인사하던 너. 엉덩이를 툭 치고 지나갈 만큼 장난꾸러기였던 너, 남은 친구들은 야자 시간에 늦게까지 남아 공부하고 장기 자랑을 앞두고 같이 라면 먹던 일 등, 사소한 것까지 추억하며 널 그리워하고 있었다. 친구들과 볼링 동아리 후배들이 남긴 글을 읽다가 부디 꿈속에라도 찾아와 달라는 절절한 부탁에 목이 메어 더 이상 읽을 수가 없었어.

답답한 마음에 잠깐 창문을 여니 때마침 불어온 바람에 편지들이 꽃송이처럼 흩날리지 뭐야, 마치 네가 미처 못다 한 말들이 천 개의 바람이 되어 온 것만 같았어. 서둘러 창을 닫고 책상 밑으로 떨어진 편지들을 줍는데 문득 궁금해지더구나.

넌 어떤 가정에서 태어나고 자랐기에 이렇게 예쁜 아이로 기억되고 있는 걸까, 그리고 네가 바람결에라도 남기고 싶은 말은 무엇이었을까?

너는 1997년 11월 21일, 안산에 있는 최성희 산부인과에서 2.8킬로그램의 몸무게로 태어났다. 노오란 은행잎이 지천으로 깔린 늦가을 날, 부모님은 오목조목 예쁘게 생긴 네가 마냥 신기해서 번갈아 보드라운 뺨에 얼굴을 대 보고 작은 손과 발을 자꾸만 만져 보았대.

생산직에서 근무하던 아빠는 퇴근하고 집에 오면 한시도 네게서 눈을 떼지 못해서 '딸바보'라 불렸다나. 부모님은 서로 사이가 좋으셨고 두 살 위 오빠는 무뚝뚝했지만 은근히 동생을 챙기는 스타일이었지.

예원선교원에 다닐 때부터 그림 그리기를 좋아했던 너, 그래서 이웃에 사는 희윤이 언니가 놀러 오면 공책이나 스케치북을 펼쳐 놓고 상상의 나래를 펼치곤 했어. 강아지 같이 귀여운 애완동물이나 꽃과 나무들, 만화에 나오는 공주들은 물론이고 맘속에 떠오른 대로 상상하며 그리기를 좋아했지.

그런가 하면 넌 어릴 때부터 잘 넘어지는 아이였어. 연필을 쥐고 있을 때는 그렇게 차분하던 아이가 밖에서는 선머슴처럼 뛰어놀곤 했지. 계단도 한 번에 두세 개씩 올라가다가 혼이 난 적도 많았지만 그 버릇은 쉽게 고쳐지지 않았대. 행여나 넘어져서 다쳐도 여간해서는 잘 울지도 않고 금방 툭툭 털고 일어나던 너.

그러던 어느 날, 초등학교 1학년이던 너는 집 앞에서 길을 건너다 차에 치여 하마터면 크게 다칠 뻔했다. 천만다행으로 하늘이 도왔는지 뼈가 부러진 곳은 없었지만 등허리가 바닥에 쓸리는 찰과상을 입었어.

그 때문인지 넌 운동회에서도 넘어지지 않으려고 일부러 천천히 달리곤 했대. 2학년 때인가, 3학년 때인가? 다섯 명이 함께 뛰는 달리기에서 꼴등이 아닌, 처음으로 3등을 한 적이 있었나 봐. 아빠 우종희 씨는 크게 기뻐하며 당시 〈배칠수 전영미 9595쇼〉라는 라디오 프로그램에 사연을 보냈어.

"우리 딸 소영이가 운동회 달리기에서 3등을 했어요! 축하해 주세요!!!"

아빠는 회사에서 라디오를 들으며 일을 하다가 자신이 보낸 사연이 나오자 깜짝 놀라고 말았지.

배칠수 씨가 "다섯 명이나 달린 운동회에서 3등 한 따님, 축하드립니다" 하고 멘트를 날리자 사연을 접한 전국의 청취자들은 '1등도 아니고 3등이 얼마나 자랑스러웠으면!' 하면서 같이 즐거워했다지?

소영아, 너도 알고 있었니? 부모님은 너로 인해 이렇게 작은 일로도 크게 웃을 수 있었다는 것을 말이야.

넌 고잔초등학교를 거쳐 다소 먼 거리에 있는 광덕중학교에 입학했어. 버스를 오래 타서 집에 오면 파김치가 되는 네가 안쓰러웠는지 부모님은 고등학교만큼은 가까운 곳으로 배정받기를 원하셨대.

희망대로 엎어지면 코 닿을 데 있는 단원고에 입학하자, 너희 집은 네 친구들의 아지트로 변해 버렸어. 학교를 마치고 네가 친구들을 데리고 집에 오면 솜씨 좋은 엄마는 떡볶이 같은 간식도 만들어 주고 저녁밥도 뚝딱 한상 차려 주셨대. 엄마가 없을 때는 네가 알아서 라면도 끓여 주고 볶음밥을 만들어 주기도 했지.

인상 좋은 어머니가 이제 와 하시는 말씀.

"친구들을 몰고 와도 한 번도 성가시거나 귀찮다고 생각한 적이 없었어요."

너는 그런 엄마에게 고마운 마음을 편지에 남기기도 했어.

엄마, 생신 축하드려요.

벌써 마흔네 번째 생신인가? 우리 엄마도 이젠 나이 많이 드셨네, 엄마가 빈혈로 병원에 입원해 있을 때 사실 이렇게 말하고 싶었어. 엄마, 아침마다 전화하지 않아도 돼요. 아픈데 푹 자고 그냥 나한테 카톡 하면 되잖아. 내가 답장 빨리해 줄 테니까 제발 우리 신경 쓰지 마시고 엄마 몸 잘 챙기세요. 엄마, 빈혈에 소간이 그렇게 좋다네? 아울러 영양제 같은 건강식품도 잘 챙겨 드시고요.

앞으로 더 잘할 테니깐 아프지 마, 엄마 사랑해!

From. 예쁘고 착한 딸 소영이가.

아지트 역할을 톡톡히 했던 너의 집. 네가 좋으니까 친구들은 네 방이 좁아도 상관없었나 봐, 엄마가 어쩌다 방문을 열어 보면 너와 네 친구들은 세 평 남짓한 방에 무릎을 맞대고 앉아 쉴 새 없이 떠들고 있더래. 얼굴을 마주 보고 서로 화장해 준다고 눈썹을 그리다가도 깔깔대고 웃고 수다를 떨다가 또 배꼽을 잡고……

아빠도 너희들의 웃음소리가 듣기 좋았나 봐. 퇴근하고 오는 길에 고기를 사다가 '아빠표 제육볶음'을 해 주기도 하고 너무 늦은 시각에는 손수 운전해서 친구들을 집까지 데려다주기도 했지.

유일하게 못마땅하게 여겼던 사람은 네 오빠였어. 냉장고 반찬을 싹쓸이하고 야자 시간이 다 되었다며 설거지를 산처럼 쌓아 놓고 우르르 몰려 나가니 사실은 그럴 만도 했지. 그리고 짝꿍 영경이, 너희 둘이는 절친이고 집도 가까운 곳에 살았다며?

종종 아르바이트를 하던 영경이가 일이 늦게 끝나는 날엔 집에 오는 내내, 너와 통화를 했어. 혼자서 깜깜한 골목길을 걷고 있는 영경이가 걱정돼서 도착할 때까지 폰을 놓지 않았던 너.

"어디쯤이야?"

"다 왔어?"

그러다 전화 요금 많이 나온다고 혼이 났던 너. 그때처럼 깜깜한 바닷속에서도 서로가 걱정되어 같이 돌아오지 못한 거니? 서로에게 "우정해!"라고 말하던 너희는 지금 어디에 있는 건지.

사고 이후, 너의 폰은 끝내 발견되지 않았고 막상 남은 가족들은 전화를 걸어 물어볼 수도 없었대. 소영이, 네가 어디 있는지, 어디쯤 오고 있는 건지……

너희들은 시간이 나면 중앙동에 있는 노래방이나 생과일주스 전문점에도 가고 쇼핑을 다니기도 했지. 특히나 넌 어릴 때 교통사고로 허리를 다친 탓에 유난히 찜질방에 가는 것도 좋아했지. 몸이 찌뿌둥한 날이면 네가 먼저 지지러 가자고 할 정도였으니까. 한번은 아빠랑 모처럼 집에서 멀지 않은 하피랜드에 간 적이 있었어. 그런데 넌 아빠만 믿고 친구들한테 구운 계란이며 식혜며 게임방에서까지 마구 쏘는 바람에 그날 너희 아빠는 물주 노릇을 톡톡히 해야 했단다.

아빠 얘기가 나왔으니까 말인데 아빠는 산악대장을 도맡아 할 정도로 등산을 좋아하셨지. 산악회 말고 가족들과 함께 다녔으면 좋겠다고 네가 살짝 불만을 토로하기도 할 만큼. 또 아빠가 술을 좋아하시는 것도 걱정이 됐는지 생일 축하 편지에 이런 글을 남긴 적도 있었어.

아빠! 마흔여덟 번째 생신을 축하드려요.

너무 오랜만에 쓰는 거라 조금 어색하당, 하나밖에 없는 딸이 애교도 없고 사랑한다는 말도 잘 안 해서 섭섭했지? 사실 나는 그런 말도 잘 못 하고 애교도 없는 무뚝뚝한 딸이야.

사실 애교를 부리고 싶어도 오글거려서 잘 못 하겠어.

내가 요즘 사춘기라 그런지 짜증도 많이 내고 내 자신이 생각해도 이해 안 되는 행동을 할 때가 많아. 그리고 아빠! 소영이는 아빠가 옛날에 담배를 확! 끊은 것처럼 술도 확! 끊었으면 좋겠습니다. 이젠 아빠 연세도 생각하고 우리 가족의 행복을 위해서라도 말이야.

그래도 술을 줄이지 않는다면 엄마한테 말해서 아빠 용돈 아예 주지 말라고 할꼬야!!!!

나 결혼해서 손자 손녀 낳으며 행복하게 사는 거 봐야지.

만수무강! 우종희 아빠!!!!!

아마도 너는 어린 시절의 기억을 떠올리고 있었나 봐. 수리산도 가고, 관악산도 가고, 반월계곡에서 캠핑을 하던 그때를 말이야. 그만큼 너는 가족들과 함께하는 여행을 좋아했어. 그러고 보면 쾌활한 네 성격에 일조한 분이 또 있어.

바로 너를 친딸처럼 여기던 막내 이모. 너와 쇼핑도 같이 다녔고 여행도 같이 다닐 만큼 돈독하게 지냈다고 해. 덕분에 너는 어릴 때부터 외가 식구들과 다 같이 여행도 많이 다녔어. 인천 망둥어 낚시, 새조개 축제, 휘닉스파크에서 스키 타기 등…… 물론 너는 스키를 타다 말고 이렇게 말했대.

"이모, 허리!"

"또 아파? 그럼, 스키 말고 보드를 배워 볼까?"

"맨땅에서도 넘어지는데 웬 보드?"

그래서 결국 이모는 너와 함께 스키장에 딸린 찜질방으로 향했다고 해. 그 밖에도 2013년 제주도 여행에 이어 2014년 초, 가족들과 통영에서 변산반도까지 돌아봤던 여행까지. 그때 넌 해안선을 따라 보이는 절경에 가슴이 탁 트인다고 했었지. 특히나 바다에서 붉게 물드는 석양을 배경으로 폰 사진을 찍기도 했어. 그리고 펜션에서의 하룻밤. 그때 가족들은 고기를 구워 먹고 일상적인 대화만 나누느라 네 미래에 대해 대화를 나누지 못한 것을 후회하고 있어.

소영아, 진짜 네 꿈은 뭐였니? 어릴 때부터 그림 그리는 것을 좋아했고 단원고에 들어와서는 캐릭터나 예쁜 손글씨 쓰는 것을 즐겨 했으니 혹시 디자인을 전공하고 싶었던 걸까? 아니면 아이들을 워낙 좋아했으니까 유치원 선생님이 되는 것이 네가 꿈꾸는 미래였을지 몰라.

넌 장애아들이 모여 있는 '브니엘의 집'이란 곳에 봉사를 다니기도 했으니까. 거기는 100일 된 소아마비 아이들부터 중증 장애아들이 모여 있는 곳이었어. 붙임성이 좋은 넌, 그곳의 아이들과도 금방 친해졌어. 청소 봉사에 목욕 봉사, 때로는 아이들과 함께 밭에 나가 고구마를 캐기도 했지. 그러다 거기서 아빠 회사 동료의 딸, '정우'란 친구랑 알게 되었는데 너희 둘은 금방 절친이 되었다지. 봉사를 하던 중에도 둘이서 그네도 타고 다락방에 있는 피아노도 치면서 즐거운 시간을 보냈고 고등학교에 들어가서도 서로 연락하며 친하게 지냈다고 해.

그리고 네가 유난히 따랐던 희윤 언니! 언니와는 어릴 때부터 한동네에서 친자매처럼 허물없이 지낸 사이였지. 친구들에게 말하지 못하는 고민도 털어놓고 핸드폰에 '양언니' 라고 저장해 놓을 만큼 의지했던 사람. 정우도 희윤 언니도 사고 이후, 많이 울었어. 공부하느라 바빠서 너랑 더 많은 시간을 함께하지 못한 것에 대해서 말이야.

그리고 모두 네가 어릴 때부터 아무거나 잘 먹었다고 말하네. 어쩌면 다섯 살 때부터 너에게 산 낙지 먹는 법을 가르쳐 준 아빠 때문인지도 몰라. 덕분에 낙지를 잘게 자른 '탕탕이'는 거들떠보지도 않고 다리 하나를 손으로 집어 먹질 않나, 닭발까지 맛있게 먹었다는 너. 곱상한 외모와는 달리 식성까지 참 씩씩했구나!

그리고 너는 청량음료나 주스도 아닌, 검은콩 두유를 유난히 좋아했대. 오빠가 안산에 있는 편의점에서 일할 때, 네가 오다가다 들리면 꼭 두유 팩을 챙겨 줬다지? 좋아하는 초콜릿 과자 같은 간식과 함께 말이야. 오빠는 너한테 퉁명스럽게 굴면서도 속으로는 하나밖에 없는 동생을 아꼈던 것 같아. 유통기한 지난 삼각김밥은 자기가 먹고 너한테는 자신의 알바비를 털어 좋아하는 것만 사 줬으니 말이야.

소영아, 네 오빠는 지금 군대에 있어. 네가 떠나고 본인이 스스로 현역 입대를 지원해서 지금은 대한민국 육군으로 복무 중이란다. 그리고 이건 네 오빠 현재가 페이스북에 남긴 편지야.

> 우쏘! 티격태격 많이도 싸웠던 우리, 그리도 은근히 서로 챙겨 주던 우리……
> 넌 모르겠지만 사실 난 네가 자랑스러웠다. 앞에서는 티를 내지 않았지만 예쁜 내 동생을 남몰래 자랑하고 다녔더랬지.
> 언제나 씩씩하고 밝았던 내 동생. 넌 누가 뭐래도 하나밖에 없는 내 동생이고 앞으로도 그럴 거야. 네가 떠나고 다시 봄이 돌아왔지만 아직 아무것도 제대로 밝혀진 것이 없다는 사실에 나는 절망하곤 한다. 그리고 난 지금 대한민국 육군으로 지원해서 군 생활을 하고 있어. 내가 군복 입은 모습을 네가 봤더라면 뭐라고 했을까.
> 난 가끔씩 보초를 설 때마다 어두운 밤하늘을 향해 간절히 기도를 하곤 한다.
> 아직 아무 것도 해결된 것이 없지만 부디 하루속히 진실이 밝혀지게 해 달라고 말이야.

네 오빠의 생일은 1월인데 그 무렵, 너는 잠깐 친구랑 아르바이트를 했어. 한창 공부할 시기인데 그만두라며 오빠가 말리는 바람에 며칠 다니지는 못했지만, 넌 그때 받은 돈으로 오빠 생일 선물도 사 주었어. 그게 마지막 선물이 될 줄 그 누가 알았을까……

수학여행을 떠나던 날, 장기 자랑 때 입으려고 친구들과 맞춘 옷에다 화장품, 미니 드라이기로 가방이 미어터지려고 했어. 너희 아빠는 어디 피난 가냐며 짐을 줄이라고 잔소리를 했고 너는 무거운 캐리어를 끌고 나가면서도 언제나처럼 해맑게 웃었대.

너의 방에 책상과 침대가 있던 자리. 네가 사진 속에서 그날처럼 미소 짓고 있어. 이 방에 있으니 여기에 모여 수다를 떨던 너와 네 친구들의 모습이 절로 그려지는구나.

"참, 소영이 별명 중에 '단원고의 이나영' 말고 '눈썹 없는 미녀'라고 또 있던데요?"

집을 나서며 엄마와 이모에게 물었어. 그러자 두 분이 잠시 주저하더니 앞머리를 올리고 보여 주셨어.

"저희 집 유전인가 봐요…… 저흰 그나마 문신을 해서 좀 낫지만."

이모 말에 그만 웃음이 나왔어. 처음엔 애통하는 마음으로 너의 흔적을 따라다녔는데 나도 모르게 생전의 너처럼 웃게 되더구나. 그리고 비로소 알게 되었어. 그맘때는 고민도 많았을 텐데, 언제나 명랑하고 쾌활했던 네 뒤에는 바로 너의 가족들이 있었다는 것을 말이야.

네가 살던 동네는 이제 완연한 초록으로 변했어. 장마도 늦어지고 지독한 가뭄이 계속되고 있는 이때, 쩍쩍 갈라진 땅을 비집고 나오는 저 꽃들의 생명력이라니! 소영아, 너도 이렇게 널 그리워하는 이들에게 찾아와 주겠니.

모두에게 기쁨이었던 너, 아들만 많은 친가에서 고명딸로 태어나 사랑을 듬뿍 받고 자란 너, 부모님은 어여쁜 그 모습 그대로 꿈속에서라도 만나기를 소망하시는구나! 그리고 부디 널 사랑했던 모든 이들의 기억 속에 영원히 꽃처럼 남아 있기를……

구름은 왜 구름일까?

안산 단원고 2학년 1반 **유미지**

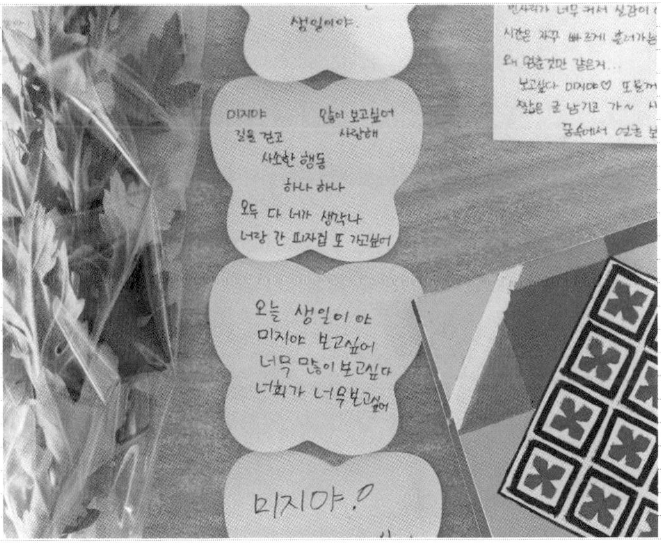

1, 2, 3. 2012년 지리산에 있는 대안학교를 찾아서 가는 길.
엄마 아빠와 찰칵.

구름은 왜 구름일까?

미지와 세상에서 가장 닮은 사람, 엄마

새벽 4시부터 진통을 해서 한 6시간 진통 끝에 애가 나왔는데 너무 큰 거예요. 3.6킬로였어요. 보통 애들이 2.8에서 3.2킬로인데 미지가 3.6킬로로 나왔으니 얼마나 컸겠어요. 아주 클 줄 알았는데 그건 아니더라고요. 작달막했어요(웃음). 허벅지는 탄탄하고요. 먹고 자고 먹고 자고, 미지 키우는 건 정말 편했어요. 애 때문에 고생한 기억이 없어요.

저는 가정 형편 때문에 고등학교를 졸업하자마자 바로 취업을 했어요. 그게 늘 아쉬웠어요. 공부를 좀 미친 듯이 해 봤으면 싶었죠. 그래서 미지는 초등학교 때부터 꽉 잡았어요. 초등학교까지 학원에 안 보내고 직접 가르쳤어요. 먼저 전과를 보고 쭉 살펴보고 애를 옆에 차고 공부시켰어요. 새벽 3시까지 말이죠. 다행히 애가 잘 따라 줬어요. 미지가 좋아하더라고요.

"초등학교 받아쓰기도 100점 받아야 되는 기야" 했어요. 그때 제가 왜 그랬는지 모르겠어요. 미지는 대부분 100점 맞았고, 어떨 때는 한 학년 동안 상을 30~40개 우르르 타오는 거예요. 첫애니까 올인을 한 거죠. 실험을 많이 했던 것 같아요. 미지는 1등도 했었어요. 근데 막상 초등학교를 졸업시킬 때쯤 되니까 너무 허무하다고 할까? 그제야 초등학교 때는 놀려야 됐구나 싶어 중학교는 대안 학교를 보냈어요.

미지가 대인 학교 생활을 재밌게 했던 것 같아요. 처음에는 아이들이 미지를 좀 깍쟁이로 봤나 봐요. 입학할 때 1등을 했었나, 단상에서 대표로 선서도 했는데 애가 말을 안 하면 좀 뚱해 보이거든요. 그래서 친구들이 좀 거리를 뒀었나 봐요. 근데 친구들도 미지랑 얘기해 보면 딱 알죠. 미지가 좀 허당이거든요. 웃으면 눈이 안 보여요. 내 딸이라 그 모습이 난 젤로 예쁜데 솔직히 요즘 기준으로 보면 예쁘진 않아요. 근데 친구들이 참 많이 따랐던 것 같아요.

고등학교를 일반고로 가서 적응 못 할까 봐 걱정했는데 웬걸 무슨 활동, 무슨 모임이 얼마나 많은지 게다가 2학년 때는 반장까지 했어요. 반장 되던 날 자기가 너무 말을 잘해 애들이 자기한테 완전히 빠졌다고, 동점이 나와 몇 번이나 경선해서 당선됐다고 얼마나 자랑을 해대던지. 나는 혹시라도 거만해질까 봐 얘가 자랑하면 그냥 듣고만 있지 칭찬하거나 그러지 않았어요. 칭찬에 참 인색했어요. 게다가 그냥 듣는 둥 마는 둥했어요. 이럴 줄 알았으면 잘 들어 줄 걸 후회도 돼요. 전 지금도 미지가 반장 선거 때 도대체 무슨 말을 했는지 정말 알고 싶어요.

얘가 생일이 3월 16일이거든요, 4월 16일이 될 때까지 한 달 동안 생일 선물을 받아오는데 그때 슬쩍 내가 딸을 잘 키웠나 보다 싶었죠. 집에 오면 선물 하나하나를 다 자랑했어요. 첫날엔 친구가 만들어 준 케이크를 가져왔더라고요. 큰 상자를 가져오더니 그것 위에 케이크 올려놓고 인증샷 찍고, 다른 한쪽엔 선물 쫙 깔아 놓고 인증샷을 찍어 어디다 보내는 건지, 올리는 건지 엄청 행복해했어요. 제 딸이지만 참 신통방통하더라고요. 미지가 행복해하던 모습, 저 그것 꼭 기억해 두려구요.

미지는 가만 보면 중학교를 대안 학교로 가서 시야가 넓어진 것 같아요. 일본, 프랑스, 중국도 가 보고. 얘는 어렸을 때부터 봉사에 관심이 참 많았어요. 미지가 한번은 저한테 한비야 책을 선물해 주더라고요.

지금 생각해 보면 중학교 1, 2학년 때는 사춘기였나 봐요. 애를 멀리 기숙사 학교로 보냈으니 제가 얼마나 궁금하겠어요. 주말에 집에 오면 제가 말을 시켜도 얘가 말은 안 하고 그냥 잠자거나 친구를 만나러 나가는 거예요. 속상하더라고요. 그래서 주말이면 톡탁거리기도 했는데 시간이 지나 중학교 3학년 때쯤엔 말이 제법 통하게 됐어요. 친구 같더라고요. 원래 고등학교도 대안 학교를 보내려고 했어요. 지리산 근처에 있는 학교였는데 영 마음이 안 가더라고요. 너무 멀어서 주말에 집에 자주 오지도 못할 것 같고, 어차피 시집가면 떨어질 건데 벌써부터 떨어져 살아야 되나 싶어 그냥 고등학교는 집 근처로 보내게 되었어요. 그게 단원고죠. 집에서 가깝다고 좋아했어요. 학교 갔다 오면 하루에 있었던 일 다 얘기하고, 어디 갈 때면 항상 같이 가고, 의지가 되는 친구 같다고나 할까. 딸 가진 엄마는 이때 기분 다 알 거예요.

지금 전 미지가 가족을 어떻게 생각했을지가 가장 궁금해요. 풍족하진 않았지만 부족함 없이 키우려고 애쓰긴 했는데 정작 미지는 아빠, 엄마, 동생을 어떻게 생각했을지, 미지를 만난다면 그 얘기를 속 시원히 한번 듣고 싶어요.

미지가 말하는 0순위 친구, 여울

미지는 엄마하고 똑같아요. 생긴 것도, 말하는 것도, 몸짓까지 다 똑같아요. 미지는 주말이 지나고 나면 이번 주는 엄마랑 싸웠다, 엄마랑 뭐 샀다, 뭘 하든지 엄마 엄마 얘기가 빠지지 않았어요. 주말에 단짝 친구 빼고는 항상 엄마랑 지내는 것 같았어요. 엄마랑 찜질방 가고 엄마랑 마트 가고, 쉬지 않고 엄마 얘기를 했어요. 에너지 넘치고 주위 사람들이랑 잘 어울리는 건 엄마랑 똑같아요.

그리고 말 안 하면 토라져 있는 모습까지 닮았어요(웃음). 미지 아버지는 늘 바쁘셨던 것 같아요. 주말에도 일을 나가셨던 것 같은데 미지는 아빠가 동생보나 자기를 더 좋아한다고 확신하더라고요. 엄마는 훈남인 동생을 예뻐라 하지만 아빠는 늘 자기편이라고요. 미지 동생이 잘생겼거든요. 동생이 학교에 한 번 왔는데 깜짝 놀랐죠. 미지랑은 완전 딴판인 거예요(웃음).

미지는 잘 때 누군가의 살결이 곁에 없으면 못 자는 아이였어요. 손이라도 붙잡고 자야 되는 아이였죠. 그래서 초등학교 때까지 엄마랑 꼭 붙어 잤나 봐요. 저희 기숙사가 2층 침대였는데 항상 미지랑 1층 침대에서 함께 잤어요. 제가 딴 방 쓸 때도 미지는 꼭 제 방에 와서 같이 잤어요. 처음에는 좀 불편했는데 어느샌가 저도 자연스러워졌어요.

미술 시간에 머그컵을 만들었는데, 미지가 개미를 디자인했어요. 개미 그림 옆에 엄청 감성적인 글을 썼더라고요. 미지는 완전 소녀 필이거든요. 저는 그 문구 보고 오글거려서 놀렸어요. 미지가 기분이 나빴던 모양이에요. 글씨를 싹 다 지워 버렸어요. 기분이 나빠진 거죠. 뚱해 있길래 전 말도 못 걸고 있었어요.

마음은 안절부절, 제 성격상 먼저 미안하단 말을 못 하고 기숙사 방문을 열었는데, 미지가 뒤돌아서서 창문을 바라보고 있는 거예요. 제가 들어가니까 휙 돌아보더니 "야! 미안하지?" 이러는 거예요. 미지는 그런 아이예요. 자기 것을 탁 내려놓을 줄 아는 아이. 이상하게 전 이 일이 오래도록 깊이 남아요.

한번은 제가 역사 과목을 좋아해서 다른 과목 포기하고 정말 열심히 역사 공부를 한 적이 있어요. 근데 점수가 엉망으로 나온 거예요. 너무 억울한데 좀 창피하기도 해서 몰래 공부방 한 켠에서 울고 있었어요. 근데 미지가 어떻게 알았는지 저에게 다가와서 시험은 망쳤어도 너는 공부 열심히 하지 않았냐고, 절친이 알아주는 거 그거면 된 거 아니냐고 그러는데 눈물이 왈칵 쏟아졌어요. 미지는 뭐랄까, 다수가 섞여 있어도 소수의 마음을 살필 줄 아는 아이, 다들 이것만 바라보는데 저것을 볼 줄 아는 아이? 그런 아이예요.

미지는 초등학교 때부터 흉부외과 의사가 되고 싶어 했어요. 국제 구호 활동 의사를 하고 싶었는데 흉부외과 의사가 적다고 자기는 흉부외과 의사가 되겠다고 했어요. 그런데 수학에서 딱 걸린 거죠. 의사가 되려면 이과를 가야 하는데 미지는 전형적으로 물음표가 많은 친구예요.

구름은 왜 구름일까? 휴지는 왜 휴지라는 이름이 붙었을까? 언제부터 컵은 컵이었을까? 참 호기심이 많은 친구였어요. 역사 시간에 말갈족 거란족을 배우던 시간인데 선생님한테 "말갈족이 왜 말갈족이에요?" 질문했던 기억이 나네요.

미지는 수학을 잘하지는 못했는데 엄청 열심히 했어요. 다른 애들은 수학 선생님이 주신 학습지 몇 번 풀고 마는데 미지는 아마 졸업할 때까지 꼬박꼬박 학습지 받아서 풀었을 거예요. 그런데 자기가 국제 구호 활동을 하면 엄마 아빠 호강을 못 시켜 준다고 많이 고민했어요. 평소에 엄마 아빠 호강시켜 드리고 싶다는 말을 자주 했거든요. 좋은 직장에 가서 돈 많이 벌어 부모님 행복하게 해 드려야 할지, 돈은 못 벌어도 자기가 꿈꾸던 봉사하는 삶을 살아야 할지 늘 고민했는데, 쑥스러웠는지 그런 마음을 부모님께는 얘기하지 못했던 것 같아요.

미지의 든든한 지지자, 혜빈

미지하고는 고1 때 처음 만났어요. 학기 초에 제가 인상이 쎄서 반 아이들이 제 전화번호만 안 따가는 거예요. 망했다 이러고 있는데 앞자리에 앉은 미지가 말을 걸어와서 그때부터 친해졌어요. 조용하고 공부만 잘할 것 같은, 깍쟁이 같은 아이가 다가오니까 좀 의외였죠. 2학년 돼서 뿔뿔이 흩어졌는데도 애들이 돈 모아서 미지 생일 때면 선물을 사 줬어요. 미지가 먼저 애들과 친해지고 나면 다른 무리들하고 모이게 했어요. 미지에겐 그런 힘이 있어요.

그래서 2학년 됐을 때 미지더러 계속 반장 나가라고 했어요. 미지가 말도 똑부러지게 하고, 동아리 활동도 엄청 잘했거든요. 애가 딱 봐도 반장같이 생겼어요. 사실 다른 반에서 넘어온 친구들이 다수라 미지가 안 될 줄 알았는데 선거 때 미지가 너무 말을 잘한 거예요. 뭘 써 오지도 않고 즉흥적으로 그 자리에서 발표하는데 끝나자마자 애들이 막 박수를 쳤어요.

1학년 때 선생님은 순하고 착하고 그러셨는데 2학년 오니까 완전 무섭고 화장도 절대 못하게 하는 담임 선생님을 만난 거예요. 미지가 나는 절대 선생님하고 친해질 수 없을 것 같다고 그랬는데 사고 때는 미지가 선생님을 제일 많이 걱정했어요. 원래 착한 분인데 저희들 앞에선 일부러 무서운 척을 하셨던 거죠. 교무실에 가서 선생님이랑

TOP

상담하면 애들이 선생님 너무 착하고 좋다고 그랬어요. 그러다 종례 시간 되면 또 무서운 선생님으로 돌변했는데 미지가 중간에서 역할을 아주 잘했어요.

학교에서 '티오피'라고 봉사 동아리 활동도 했어요. 요양원이나 고아원 같은 데 가서 봉사 활동하는 거. 언니 오빠들이 학기 초에 동아리 홍보를 오잖아요. 그 언니 오빠들이 말을 정말 설득력 있게 잘해서 인기가 좋았단 말이에요. 경쟁률이 되게 셌어요. 근데 미지가 됐더라구요. 아마 임원도 했을 거예요. 봉사 동아리 활동을 해서 그런지 미지는 어린아이부터 노인들까지 친한 사람이 많았어요.

미지 별명은 '미지의 세계'였어요. 이름이 미지니까. 만약 미지가 있었다면 졸업하고도 당연히 만났을 거예요. 남자인 친구가 많았던 미지, 〈마녀사냥〉이란 토크쇼를 좋아했던 미지, 복도에서 만나면 막 달려들던 미지, 그냥 고맙고 보고 싶어요.

미지의 성장통을 같이했던 중학교 담임 선생님

중학교 입학할 때 미지가 낯가림이 심했어요. 신입생 캠프 때도 아이들과 잘 어울리지 못했어요. 미지는 웃지 않으면 좀 표정이 무섭거든요. 무표정한 모습에 애들이 화가 났다고 생각해서 다가가지도 못했어요. 마음을 열지 않아 첫 상담에서 굉장히 힘들었던 기억이 나네요. 제가 교무실에 놀러 오라고 했더니 어떻게 교무실에 가요, 이러더라구요. 한 번도 교무실에 가 본 적이 없었대요. 미지가 졸업할 땐 교무실 문턱이 닳았죠. 어디라도 있으면 달려와 팔짱 끼고 종알종알, 지금도 생생해요.

중2 때는 정말 삐딱선의 피크였죠. 1학년 때는 대안 학교다 보니 다 흥미롭고 신기한 것 투성인데 2학년 되니 학교생활도 시들해지고 집에서 떨어져 지내는 것도 힘들어지고 친구들이랑 갈등도 심해지고 무기력과 반항이 최고였다가 3학년이 되면 서서히 아이들 눈빛이 바뀌죠. 고등학교, 대학교, 직장까지 사회라는 높은 파고를 생각하니, 같이 먹고 자고 여행 가던 시간들에 아쉬움이 커지는 거죠.

미지는 유난히 학교를 떠나기 싫어했어요. 고등학교 가면 치열하게 경쟁해야 되는

데 자기는 무섭다고. 고등학교 진로 결정할 때 고민을 많이 했죠. 진로 결정하기 전에 지리산에 있던 대안 고등학교에 온 가족이 갔는데 그때가 명절이었나 봐요, 교통 체증 때문에 길에서 엄청나게 고생하시더니 어머니가 이 먼 길을 도저히 미지 혼자 못 보내겠다며 집 가까운 일반 고등학교로 보내기로 하셨죠. 그게 단원고예요. 그때 길이 막혀 고생하던 기억이 미지는 좋았나 봐요. 가족 여행 같았다고, 휴게실에 들러 이것저것 사 먹으면서 재밌었다고. 그 얘기를 자주 했었죠. 미지가 그전에 가족들이랑 여행 한 번 못 갔다고 아쉬워했거든요.

미지하면 딱 떠오르는 이미지가 우직함이에요. 열심히 해도 잘 티가 나지 않아 평소에 많이 속상해했어요. 못한다, 안 한다 이런 얘기를 많이 했어요. 욕심이 많아 뭘 하면 잘하고 싶어 그랬던 것 같아요. 제가 농담으로 우린 머리가 나쁘니까 노력으로 승부해야 돼, 자주 얘기했었죠. 시작하기 전에 굉장히 많이 망설이는데 한번 시작하면 잘하든 못하든 끝장을 보는 편이에요. 어머니는 그 점이 자기랑 닮았다고 하시더라고요. 어머니를 보면 정말 딱 미지예요. 미지의 성격, 생김, 수다 떨 때 하는 표현까지 모두 닮았죠.

체육 선생님이 미지가 수영을 한 번도 배워 본 적이 없는데 미지의 근성을 알아봤는지 수영대회를 나가라고 한 거예요. 처음에는 자기는 물도 무서워하고 수영을 한 번도 배워 본 적 없다고 얼마나 툴툴댔는지 몰라요. 원래 날렵했던 아이가 몸이 무거워지니 그것도 스트레스일 텐데 수영복 입고 대회까지 나가야 되니 얼마나 싫겠어요.

수영을 배우는 게 유난히 더뎠어요. 2학년 방학 때는 안 되겠는지 집 근처 수영장을 끊었더라고요. 가서 혼자 가서 연습하고 그러더니 3학년 땐 미지가 상까지 탔죠. 다른 아이들은 창피하다고 중간에 다 그만둬 혼자 남아 상을 타게 된 거죠. 끝까지 혼자서 100미터 레인을 가더라고요.

미지가 평소에 힘든 표현을 잘 안 해요. 참고 삭이고 있다가 순간에 폭발할 때가 있어요. 톡 쏘아붙인 거죠. 2학년 찬양팀을 할 때 일인데, 미지가 좀 거칠게 애들한테 따져 물었던 적이 있어요. 조목조목 따지니까 애들이 다 반박을 못 하는 거예요. 옳은 지적이긴 한데 너무 무섭게 하니까 애들은 애들대로 불만이 있었던 거죠. 근데 초등학교 때부터 좀 그런 일이 있었던 건지, 미지가 그 일 있고 나서 저한테 자기가 말을 하면 항상 애들이 너무 상처를 많이 받는다고 속상해하더라고요.

미지는 서서히 상대방의 장점을 찾기 시작했어요. 그리고 꼭 표현을 했어요. 아주 사소한 건데 그걸 콕 짚어 얘기를 해 줘요. 저한테도 편지를 많이 썼어요. 무심코 던진 얘기나 소소한 얘기에 늘 반응했고 감사하다는 말이 빠지지 않았어요. 제가 3년 내내 미지 담임을 했잖아요. 입학할 때 말 꺼내는 것도 힘들어하던 아이가 졸업할 땐 감사함이 충만한 사람이 되었더라고요. 정말 졸업시키기 싫었어요. 미지와 울고 웃었던 시간들, 미지처럼 감사하게 기억할 거예요. 아마 미지도 그걸 바랄 거예요.

춤과 노래를 좋아하는 수재

안산 단원고 2학년 1반 **이수연**

1. 2014년 4월 15일 3시 30분. 버스 출발하기 전. 오른쪽에서 두 번째가 수연이다.
2. 2013년 생일 때 친구들에게 축하 케이크를 받고서.
3. 2013년 여름 어느 날 교실에서.

춤과 노래를 좋아하는 수재

"수연이는 노래 부르는 것을 정말 좋아했어요."

봄 햇살 화사한 안산시 선부동 〈나무그늘 북카페〉에서 희정이는 그 말부터 했다. 희정이는 수연이와 중학교 2학년 때 만난, 가장 친한 친구이다.

"처음에는 별로 안 친했는데 수연이가 다른 애랑 싸우고요, 그리고 저랑 친해졌어요." 그 이후로 둘은 이틀이 멀다고 만나 수다를 떨고 안양에 있는 교회에도 같이 가고 공부방에서 공부도 함께했으며 스트레스가 쌓이면 노래방도 갔다. 중앙동 옷 가게 골목을 싸돌아다니기도 했는데 어떤 날은 13시간이나 계속 같이 놀기도 했다. 학원도 같은 곳을 다녔다. 이 정도면 단짝 중에서도 최상의 단짝이다. 어떤 노래를 잘했느냐는 질문에 대한 답은 이랬다.

"뭐든지 다 잘 불렀어요. 특히 남자 아이돌을 좋아했고요, 고음 부분을 잘했어요."

엄마는 음료와 빵을 자꾸 희정이 앞으로 밀어주고 있고 아빠는 약간 놀라는 얼굴을 했다. 우리 딸이 노래 부르는 것을 좋아하는 것까지는 알겠는데 고음 부분을 잘한다는 게 의외라는 표정이었다.

"춤도 잘 췄어요."

이번에는 아빠 입이 벌어졌다.

"인피니트하고 블락비를 좋아해서 그 춤을 디게 잘 췄는데 특히 백화점에서 춤을 춰 댔어요."

인피니트와 블락비는 모두 남자 아이돌 그룹이다.

"백화점?"

입이 더 벌어진 아빠가 조심스럽게 물었다.

"요즘 백화점에는 춤추는 곳도 있다는 말이니?"

"없죠. 대신 그런 곳 있잖아요. 화장실 옆 창고 입구 같은 데요. 사람 별로 없고 으슥한 데."

"……"

"백화점에서 음악 틀어 놓기도 하잖아요. 거기서 좋아하는 노래가 나오면 혼자서 마구 춤을 췄어요."

이번에는 엄마와 아빠가 서로 얼굴을 바라보았다. 그러니까, 백화점 화장실 옆에서

> 내꺼 하자 니 날 알잖아 어? 니가 날 봤잖아 어? …… 내가 널 끝까지 책임질게 같이 가자 힘든 길 걷지 마 어? 쉽지 않았잖아 어? 다시는 그런 널 보기 싫어 내꺼 하자 내가 널 사랑해 어? -인피니트의 〈내꺼하자〉 중에서

가사에 맞춰 체조하듯이 팔을 좌우로 뻗었다가 오므리고 가볍게 턴을 한 다음 무언가를 노려보며 무릎을 구부렸다가 펴고 격투기나 육상 선수 출발 준비 같은 자세를 거쳐 제자리 뛰기를 하거나,

> 죄다 기생오라비 촌티 나는 꼬라지 너희들 감 찾는 사이 얼씨구 풍년이 왔지 난 Low 한 게 아니야 마초처럼 완전 Raw 해 이 무대는 내 구역이야 구경이나 더 해 쟤넨 진짜 멋이 뭔지 몰라 -블락비의 〈품행제로〉 중에서

노래가 나오면 이번에는 손을 흔들며 허리를 비틀고 허벅지에 손바닥을 얹고는 약간은 민망한 자세까지 일순간에 되풀이한 다음 순간 동작을 멈추는 딸아이 그림이 얼른 그려지지 않았기 때문이다.

이 정도면 끼가 보통 아니다. 그리고 이런 경우, 자신의 끼를 집에서 보여 주는 측과

바깥에서만 드러내는 측으로 나뉘기 마련이다. 수연이가 후자 쪽이라는 것을 아빠는 잘 몰랐다. 하지만 생각해 보면 짐작은 됐다. 어렸을 때부터 워낙 명랑한 데다 귀여운 동작도 잘하고 애교가 넘치던 아이였으니 아주 동떨어진 것이 아니었다.

"그리고요, 사진 찍히는 것은 되게 싫어했어요."

이번에는 아빠가 고개를 끄덕였다. 충분히 알고 있었다는 소리. 아빠가 말했다.

"맞아요. 사진 찍으려고만 하면 얼굴을 가렸죠. 예뻐지고 싶어 했어요. 특히 작은 눈이 콤플렉스였죠. 저는 눈이 큰 편이고 엄마도 그런데……"

그리고 작은 소리로 속삭였다.

"와이프가 처녀 때 쌍꺼풀 수술했다는 것을 나중에야 알았죠."

약간의 침묵.

아무튼 얼굴에 대한 수연이의 고민은 생각보다 깊었다. 중학교 들어가자마자 이마를 잔뜩 내려 덮는 헤어스타일을 한 것과도 관련이 깊다. 그게 또래들의 유행이라고 해도 아이는 그것을 넘어 숫제 자신의 두 눈을 머리카락으로 가려 버리려고 작정을 한 듯 보이기도 했다. 노력은 결실을 얻는 법. 결국 엄마 아빠는 고등학교 2학년 올라가던 해 1월 3일 쌍꺼풀 수술을 해 주었다. 없던 쌍꺼풀이 생기자 그때부터 이마를 시원하게 드러내는 것으로 헤어스타일을 바꾸었다. 카메라를 들이대도 그대로 있었다. 요즘 이 또래 소녀들에게는 성형이 거의 종교와도 같다. 기대와 절대 신뢰가 합쳐 있으니까. 코 성형까지 엄마 아빠가 각오하게 된 이유이기도 하다.

원하는 대로 예뻐졌으니 다른 변화도 있었을 것이다. 사귀던 남자친구 있었냐는 질문에 대해 희정이는 단호하게 답을 했다.

"없었어요. 모솔이었어요."

모솔이 뭘까?

"모태 솔로요."

아, 〈개그콘서트〉에서 들어 봤던 단어. 단 한 번도 남자친구가 없었으니 수연이와 희정이가 얼마나 가까이 붙어 다녔는지 충분히 추측할 수 있다. 그런 사이라서 둘은 한 번도 싸운 적이 없었다(둘 다 친했던 민정이라는 아이와 수연이가 싸워서 잠시 곤란한 적은 있었다는 게 희정이의 고백이다).

수연은 카페 분위기를 좋아해 주로 도서관이나 카페에서 공부를 했다. 나무그늘 북카페도 평소에 엄마와 함께 자주 오던 곳이다. 보이지 않아서 그렇지 테이블마다 흔적이 조금씩 남아 있을 것이다. 어쩌면 저기 놓여 있는 책장의 책들 중 몇몇 곳은 아이가 직접 뺐다가 꼽아 놓은 순서 그대로 자리를 지키고 있을지도 모를 일이다.

수연이의 고1 때 장래 희망은 회계사였는데 2학년 때 국어 교사로 바뀐다. 평소 책과 국어 과목을 좋아한 게, 그리고 1학년 2학기 때 반장을 했는데 담임이 국어 선생님이었던 영향이 그대로 이어진 것이다. 희정이도 장래 희망이 교사이다. 2014년 3월 12일 수요일. 수연이는 희정에게 문자를 보낸다.

「희정아, 너는 할 수 있어. 우리 같이 같은 학교 선생님 되자!! ㅎㅎ」

수연(秀娟). 빼어날 수에 예쁠 연. 이름은 엄마가 지어 주었다. 엄마는 몸이 약했다. 수연이를 가졌을 때는 우울증까지 함께 앓았다. 아빠는 이렇게 생각했다.

'몸도 약한데 아이까지 낳느라 고생했으니 아내가 원하는 대로 아이 이름을 짓는 게 좋겠다.'

엄마는 수연을 선택했다. 그녀는 처녀 때 가정 교사로 아이를 돌보며 가르친 적이 있는데 그때 만난 박수연이라는 애가 잊히지 않았다. 예쁘고 착해서. 그 수연이같이만 자라면 좋겠다고 생각한 게 이유였다. 한문은 엄마의 서예 선생님이 부탁을 받고 붙여 준 것이다. 태몽은 아빠가 꾸었다. 그런데 이 태몽이 유별나다.

"머리를 이렇게 풀어헤친 귀신이 나타났어요. 그래서 달려가 이단 옆차기로 차서 넘어뜨렸고 주먹으로 두들겨 패서 쫓아냈지요. 그러고 나니 속이 아주 시원했어요."

이걸 태몽이라 불러도 되는지 어떤지는 아무도 모른다. 다만 약한 아내와 가녀린 갓난아이를 둔 가장의 위치와 역할이란 게 그런 것이다. 모든 위험으로부터 둘을 지켜내고 싶은…… 수연이는 외동딸이다. 엄마가 약을 입에 달고 살아서 둘째 낳을 생각을 안 했다. 그러니 엄마 아빠의 사랑을 듬뿍 받았다.

아빠는 건설업 관련 회사원이다. 대전 출신으로 청년 때까지 그곳에서 지내다가 안산으로 올라왔고 나중에 수연이 엄마를 소개받아 결혼을 했다. 95년이었다. 엄마도 대전 사람으로 친정에서 몸을 풀었다. 아이가 태어난 날은 97년 8월 12일 아침 10시 반. 그 날짜 그 시간에 태어나면 우주로부터 뜨거운 불의 기운을 받는다고 본다. 범상치 않은 두뇌에 재주가 많고 자기 표현 능력이 뛰어나며 주변을 잘 챙기는 것은 물론 심지가 굳다는 특징이 그 불기운 속에 오롯이 들어 있다.

수연이는 딱 그렇게 자랐다. 잘 웃고 말도 빨리 배우고 귀여움이 넘쳐났다. 착하고 사랑스럽고 밝고 명랑한 아이. 세상 어떤 아이가 안 그렇겠는가마는 수연이는 유난히 그랬다. 아빠는 6개월마다 아이를 벽에 세우고 머리끝에 볼펜을 댄 다음 벽에다 표시를 했다. 아이가 자라는 동안 눈금은 계속 올라갔다. 벽에 수연이표 자가 하나 생긴 것이다. 우유를 잘 먹은 탓도 있다. 꼬마 아이가 우유를 마시고 탁탁탁 달려가 싱크대에 컵을 던져 놓는 모습이 떠오른다면 그게 수연이다. 고2 때는 165센티미터까지 자랐다. 키는 그것으로 만족했는지 더 이상 크기 싫다고 말하기도 했다.

엄마는 자신의 몸이 약한 게 내심 걸렸지만 아이는 병치레 한 번 없이 자랐다. 하나 있다면 네 살 때 침대에서 뛰다가 거꾸로 떨어지면서 의자에 이마를 박은 것 정도이다. 그때 다친 것이 유일했는데 심하게 다쳐서 나중에 커서도 얼굴을 찡그리면 표시가 날 정도였다.

그때까지 엄마와 같이 대전을 자주 다녔다. 아이도 외갓집 가는 것을 좋아했다. 그리고 다섯 살이 되자, 시민 사회 소속 선교회에 들어간다. 유치원 같은 곳이다. 아이는 3년 동안 그곳을 다닌다.

그 시절 장면 하나. 엄마가 약 기운에 눌려 잠이 들어 버렸다. 혼자 문 열고 들어온 아이는 옆에 앉아서 조심스럽게 '엄마'를 부르며 괜찮냐고 물었다. 조그마한 얼굴에 걱정이 가득했다. 그 말을 전해 들은 아빠가 너무 기특하고 사랑스러워 커다란 곰 인

형을 선물로 사 주었다. 흰색이었으니 북극곰이 모델이었을 것이다.

어느 날 엄마가 슈퍼 다녀오라는 심부름을 시켰다. 태어나서 첫 번째 심부름으로, 어느 정도 자랐으니 이 정도는 해내지 않을까 하는 실험 성격이었다. 아이는 제 몸만 한 곰 인형을 들고나갔다. 그런데 시간이 지나도 돌아오지 않았다. 걱정이 되어 달려 나가 보니 슈퍼에 없었다. 이미 갔다는 주인의 말. 엄마는 마음이 바빠져서 이곳저곳을 뛰어다녔다. 도대체 어디로 갔을까.

아이는 한 손에 봉지를 들고 다른 손으로 인형을 안은 채 버스 정류장에 서 있었다. 마치 버스를 기다리는 모습으로…… 왜 그랬을까? 혹시, 곰 인형의 고향인 북극행 버스를 기다렸던 것은 아닐까. 곰에게 엄마와 형제들을 만나게 해 주고 싶어서? 그때가 여섯 살이었다.

북극은 가지 못하고 대신 여덟 살이 되자 안산 정지초등학교에 입학한다. 엄마는 아이 머리카락을 자르지 않았다. 딸아이를 낳게 되면 꼭 긴 머리 소녀로 키워 보고 싶은 소망이 있었던 것이다. 수연이는 그렇게 했다. 긴 머리를 휘날리며 달려오는 아이. 엄마는 그 모습이 너무 멋있었고, 예뻤고, 고마웠다.

쾌활하던 아이가 초등학교 5학년이 되자 조용해졌다. 말수가 줄어든 것이다. 좋게 보면 침착해졌고 조심스럽게 보자면 내성적이 되었다. 친구가 와서 꼬드겨야 마지못해 무언가를 하는 정도였다. 사춘기(思春期). 호르몬으로 인한 성징이 나타나고 예민해진 신경 탓에 우울과 충동이 찾아오고 마침내 세상을 새로운 각도로 보고 받아들이는, 어른이 되어가는 첫 발자국인 이것 또한 그 나이 때 아이라면 예외 없이 오는 것이라서 엄마와 아빠는 자연스럽게 받아들였다. 간섭하지 않았던 것이다. 그저 조용해지기만 했을 뿐 겉으로 드러난 특별한 변화가 없었기에 더욱 그랬다. 그러니까 수연이는 그 시기를 차분하게 잘 넘긴 것이다.

아빠는 하나뿐인 아이에게 모든 것을 해 주기 위해 열심히 회사를 다녔다. 박봉과 고단함에 시달리면서도 잘 커가는 딸아이를 떠올리며 힘을 냈다. 때문에 중학생까지는 같이 있는 시간이 많지 않았다. 고등학교 가서야 회사와 학교가 같은 방향이라 데려다주고 데리고 오는 게 맞아떨어졌다. 단원고를 선택한 이유 중 하나가 그것이었다.

엄마는 날마다 아이와 눈을 맞추었다. 보통 아이들이 학교에 갈 때는 정신없기 마련이다. 늦잠을 자기 일쑤고 준비물도 많고 밥도 먹어야 해서 부산스러운 시간을 보내기 일쑤다. '다녀오겠습니다' 일갈하고 뛰쳐나가는 것. 그게 그 나이의 일반적인 모습 아닌가. 수연은 좀 달랐다. 거의 매일, 현관 나가기 전 엄마와 함께 몇 초간 서로의 눈을 마주 보았다. 오래 전부터 저절로 암묵적으로 그렇게 해 왔다. 서로가 눈을 맞춘다는 것. 얼마나 중요한 행위인가. 사랑과 친근과 신뢰. 세상 좋은 모든 것이 그 짧은 시간에 이루어지고 확대되고 비축되었다. 그것은 학교나 학원에서 돌아와서도 그랬다. 아무 말 없이 서로의 눈을 바라보는 것. 그것으로 충분했다. 두 눈동자 안에 결국 다 들어 있으니 말이다.

수연은 공부를 잘했다. 아이스크림과 팥빙수처럼 좋아한다고 표현해야 맞을 정도였다. 조금만 신경 쓰면 백점을 맞았고 특히 국어 과목은 95점 아래로 내려간 적이 한 번도 없었다. 미술 실력도 뛰어났다. 어렸을 때부터 엄마와 함께 그림 공부를 했는데 물려받은 감각이 있는 데다 재미있어 했다. 그러면서 잘난 척 안 했다. 매 순간 겸손했다.

돈의 소중함도 잘 알고 있어 평소 헤프게 쓰지 않았지만 필요할 때만큼은 씀씀이가 컸다. 희정이 생일 때는 엄청나게 큰 케이크를 사 주었고 친구들과 모였을 때도 엄마가 준 카드로 계산을 잘했다. 자신을 위해 쓴 적은 거의 없었다. 이를테면 사춘기 때부터 생긴 버릇 중 하나가 옷을 좋아하게 된 것인데 사고 싶은 것을 사라고 해도 참았다. 사도 괜찮다고 자꾸 권하면 몇 백 원짜리 펜을 하나 더 사는 정도였다. 이런저런 색깔과 모양의 펜을 모으는 게 아이의 유일한 취미이자 소비였다.

공부에 대한 능력과 흥미도 엄마가 마련해 준 것이다. 초등학교 4학년 때부터 어느 선생님에게 주요 과목 과외를 받았는데 싫증내지 않았다. 싫증이 다 뭔가. 더 시켜 달라고 조를 정도였다.

가고 싶은 곳도 일찌감치 정해 놓았다. 서울시립대. 선생님이 되고 싶었으니 사범 대학까지 정해 놓았다. 그래서 게임 같은 것은 전혀 하지 않았다.

중학교 2학년 때 조용히 아빠에게 상의를 한 적이 있다. 공부는 하지 않고 놀기만 좋아하는 친구들이 있어 좀 멀리했는데 그 애들이 괴롭힌다는 것. 아빠는 대답했다.

"너의 의사를 분명하게 전하고 대담하게 상대해라."

귀신을 이단 옆차기로 물리친 아빠의 기질도 물려받았기에 수연은 그렇게 했고 평소의 품성과 마음을 잘 알고 있는 친구들이 도와주어 무난하게 해결이 되었다.

그런데 공부를 좋아하는 아이들에게는 이런 일 또 생기기 마련이다. 친구들끼리 놀다 보면 공부하는 게 약간의 배신 행위처럼 보일 때가 있다. 고1 때였다. 친구들이 집에 놀러 왔다가 책상 위에 쌓인 참고서들을 보며 따졌다. 공부 안 한다면서 이렇게 혼자 몰래 공부한다고. 글쎄, 고등학교 때는 공부를 해도 문제고 안 해도 문제인 그런 시기인 것이다. 수연이 울었고 희정이가 달래 주었다.

공부 잘하는 아이는 시간 배분을 잘한다. 다섯 시 정도면 엄마에게 이런 문자가 종종 왔다. 지금 학교에서 출발하니까 빵을 좀 시켜 달라고. 그러니까 도착하면 바로 먹고 학원으로 간다는 계산이 서 있던 것이다. 또 하나의 버릇은 매번 '감사합니다' 소리를 입에 달고 지내는 것이다. 선교회 유치원에서 배운 버릇으로 보이는데 아빠가 자가용으로 학교 데려다줄 때도, 엄마가 차려 준 밥을 먹고 나서도 꼬박꼬박 감사의 인사를 했다. 집 밖에서도 그러했다.

수학여행 떠나기 며칠 전 수연이가 물었다.

"아빠, 나 수학여행 가도 돼?"

아빠는 고등학교 때 제주도 수학여행의 좋은 추억을 간직하고 있어 당연히 가야지, 대답했다. 왜, 가도 되느냐고 물어오는지에 대해 되물어보지 않았다. 대신 회사 직원에게서 커다란 캐리어를 빌려 주었다. 수연은 마음이 들떠 인터넷 쇼핑으로 평소 찍어 두었던 옷을 샀다. 그리고 다른 고등학교에 다니고 있는 희정이에게 노래방 가자고 전화를 했다. 희정이는 대답했다.

"나 시험 공부 중이야. 제주도에도 노래방 있을 거야. 대신 초콜릿 사 와."

수연이는 알았다고 대답했다. 4월 14일 저녁이었다.

너와 나의 슈가젤리

안산 단원고 2학년 1반 **이연화**

1. 친구 진의가 연화의 생일을 가장 먼저 축하해 준다면서
생일날 밤 12시 정각에 맞추어 집에 찾아왔다. 축하 노래를 들으면서 기뻐하는 연화.
2. 단원고 교실. 친구들 앞에서 찰칵. 연화는 후드집업을 즐겨 입었다.
3. 거실에서 엄마와 텔레비전 보다가 장난치는 연화. 연화는 언제나 식구들의 웃음꽃이었다.

너와 나의 슈가젤리

“수빈아. 진의가 말야……”

“진의야. 수빈이랑 어제……”

연화는 수빈이를 만나면 진의 얘기를, 진의를 만나면 수빈이 얘기를 했다. 따로 연화의 절친이었던 조수빈과 곽진의는 덕분에 서로 친구가 되었다. 정이 많은 연화는 두 친구를 모두 살갑게 챙겼다.

“찐의야. 나야!”

진의는 아침마다 연화가 깨우는 소리를 들으면서 학교 갈 준비를 했다. 고등학생이 되면서 학교에 마음 붙이지 못해 힘들어하던 진의도 연화가 현관문 앞까지 와서 부르는데 책가방을 집어 들지 않을 수는 없었다. 연화와 진의는 와동중학교 때부터 친구다. 연화가 모델 이수혁을 좋아한 것도, 드라마 〈주군의 태양〉을 보고 나서 배우 소지섭에게 흠뻑 반한 것도 진의는 모두 알고 있다.

“소지섭 부인! 오늘도 태극분식?”

“콜!”

수업이 일찍 끝나는 날이면 진의와 연화는 와동 뒷골목 태극분식에 들러 잔치국수를 사 먹었다. 주방장 아주머니가 바뀌기 전까지 태극분식의 잔치국수 국물 맛은 최고였다.

수빈이와 연화는 서로 옷을 바꾸어 입기도 했다. 연화는 콧수염이 그려진 옷을 좋아했다. 오빠 옷도 가끔 입고 다녔는데 차콜색과 핑크색 후드 티셔츠는 연화가 특히 자주 입었던 옷이다.

연화와 친구들은 야간 자율 학습 전에 동그라미분식에서 뭘 사 먹고, 매점에 돌아와서 빠삐코를 먹고, 새콤짱 캐러멜을 사서 책상 서랍에 넣어 놓고 또 먹었다. 폭폭 살찌는 소리가 들렸다. 그래서 와동 체육공원에서 만나 줄넘기를 하기로 했다. 하루에 한 번씩 학교 보건실에 들러서 몸무게를 재고 1킬로그램 찔 때마다 동시에 소리쳤다.

"망했어! 우리 인생은!"

연화는 결국 진의와 고강도 다이어트 식단을 실행하기로 약속했다.

"한 끼에 방울토마토 열다섯 개만 먹는 거다."

점심시간에 반 아이들이 밥을 먹으러 나가면 진의와 연화는 교실에 남아서 핸드폰에 텔레비전을 연결한 다음 노래를 틀고 놀았다. 연화는 윤도현 밴드의 〈나는 나비〉를 잘 따라 불렀다.

'날개를 활짝 펴고 세상을 자유롭게 날 거야. 노래하고 춤추는 나는 아름다운 나비.'

평소에 나서서 노래하는 편은 아니었지만 텅 빈 교실에 울리는 연화의 〈나는 나비〉는 시원시원했다.

연화가 중학교 때 친했던 친구들은 거의 다 다른 고등학교로 진학하는 바람에 처음 단원고에 입학했을 때는 여간 허전한 게 아니었다. 서로 비슷한 마음이었던 연화와 진의는 성큼 가까워졌고 댄스 동아리 '트렌디'에 들어갔다.

어떤 동아리에 들어갈지 몰라 고민하던 진의에게 연화는 트렌디에서 같이 춤을 추자고 말했다. 춤에 서툰 진의가 힘들어할 때면 연화가 동작을 하나하나 짚어 가면서 붙잡고 가르쳐 줬다.

1학년 8반은 복도 맨 끝 반이어서 춤 연습을 하기에 좋았고 레이디스 코드의 안무를 척척 외울 정도가 되었다.

고생스러운 일을 마다하지 않는 연화 성격은 동아리에 들어가서도 여전했다. 올림픽기념관에서 축제 연습을 하는 날이면 연화는 무거운 스피커를 번쩍 들고 걸어서 집에 왔다. 힘들게 그 무거운 걸 들고 다니느냐고 엄마가 걱정하면 "내가 맡았으니까!"라고 씩씩하게 대답했다.

연화의 오빠 동호는 안산에서 꽤 알려진 청소년 댄서였다. 중앙역 축제에서 공연을 하고 상을 받은 적도 있다. 동호를 만나 보고 싶어 하는 연화 친구들도 꽤 많았다. 멋쟁이 스타일을 유지해야 했던 동호 오빠의 용돈을 메꾸어 준 것도 연화였다. 동호는 늘 지갑이 비었다. 무대 소품으로 쓴다고 15만 원짜리 선글라스를 사 오는 날도 있었다.

씀씀이가 알뜰했던 연화는 많지 않은 용돈을 저금통에 모았다가 오빠 주머니가 헐렁할 때면 보태 주며 말없이 응원해 주었다. 끼가 많은 오빠와 달리 연화는 쑥스러움을 좀 탔지만 팔과 다리가 유난히 가늘고 목선이 고와서 춤을 추려고 무대에 서면 참 예뻤다.

연화는 아주 어렸을 때부터 스스럼이 없고 순했다. 연화의 엄마와 아빠는 동갑내기 커플이었다. 회사 선배였던 연화 엄마가 야근을 마치고 나오면서 마주친 연화 아버지와 우연히 데이트를 하면서 사내 연애가 시작되었고 곧 결혼해 동호와 연화를 낳았다. 맞벌이하는 집의 아이들이 대부분 그렇듯 연화도 일찍부터 어린이집 버스를 탔다. 아침 일곱 시 반부터 버스를 기다렸는데 자다가 어렴풋이 깨어나 엄마 등에 딱 달라붙어 있다가도 어린이집 이모님이 부르면 칭얼대지 않고 금방 떨어졌다. 낯가림도 적어서 누구에게든 잘 가고 생글생글 웃어서 너도나도 연화를 귀여워했다.

손도 야무져서 뭘 만들어 주는 일을 좋아했다. 공예반을 하면서 엄마 손목에 잘 맞는 팔찌를 만들어 주고 가족들 생일이면 재료를 사다가 케이크를 구워 왔다. 중앙동에 있는 재료상에 가면 원하는 장식을 구입해 직접 케이크를 만들 수 있었는데 연화는 그 집에 가서 엄마 아빠 몰래 깜짝 생일 선물을 만들어 왔다.

연화 엄마는 딸을 좀 단단하게 키우는 편이었다. 엄마가 오빠만 챙긴다고 연화가 섭

섭해할 정도로 연화가 자신의 일에 책임감을 갖도록 했다. 학원에 다니던 연화가 공부가 잘 안 되는 것 같다고 말했을 때였다.

"연화야. 억지로 다니지는 마. 제대로 공부를 할 거면 다니고, 다른 할 일 있으면 그걸 해라."

엄마는 연화가 용돈이 모자란다고 하면 필요한 액수를 물어보고 빌려준 뒤에 꼭 모아서 다시 갚도록 했다. 엄마의 그런 태도는 연화를 부지런하고 성실한 아이로 키웠다. 그런가 하면 연화를 품에 따뜻하게 감싸 주면서 따뜻한 아이로 만든 건 아빠였다. 홀아비 자식이냐고 부를 만큼 연화와 아빠는 사이가 좋았다.

연화가 고등학교 1학년 때 직업 적성 검사를 하고 나서 피부 관리사나 네일 아티스트가 되고 싶다고 말했을 때 엄마는 펄쩍 뛰면서 반대했다. 평소 연화에게 성적을 다그쳐 본 적은 없지만 인문계 고등학교 학생이면 대학에 가기 위한 준비를 먼저 해야 한다는 것이 엄마의 생각이었다.

하지만 손가락이 길고 희고 고왔던 연화는 손톱 가꾸는 것을 좋아했다. 네일 에나멜과 네일 스티커를 꼬박꼬박 모으고 인터넷 동영상을 보면서 새로운 패턴을 연습했다. 핑크, 보라, 검정, 파랑, 색을 조합하고 작은 손톱 안에 디자인을 입히는 일이 즐거웠다.

알아갈수록 이 일이 직업이 되어도 좋겠다고 생각했다. 엄마 눈에는 이런 모습이 걱정스럽게 보였다. 저러다가 나중에 "엄마, 그때 왜 나한테 공부하라고 안 했어?" 할까 싶기도 했다. 엄마는 2학년이 되어도 연화가 그 꿈을 다시 한 번 이야기하자 유니나 선생님께 상담을 청했다.

"선생님. 연화가 네일 아티스트가 되고 싶다고 해요. 나중에 대학 가서도 배울 수 있을 텐데요. 지금은 공부할 때 아닌가요."

"연화 어머님. 네일 아티스트는 공부만 잘한다고 할 수 있는 일은 아니에요. 연화가 감각도 좋고 소질이 있는 것 같아요. 앞으로 좋은 전망이 있는 직업이기도 하고요. 본인이 의지를 갖고 있으면 지금부터 밀어주세요."

유니나 선생님은 연화를 격려해 주라고 했다. 엄마도 연화의 마음을 좀 더 헤아려 봐야겠다 싶었다.

연화는 호기심이 많아서 가리는 음식이 없었다. 〈별에서 온 그대〉라는 드라마를 보다가 주연 여배우가 개불을 먹는 장면이 나오자 그 맛을 몹시도 궁금해했다. 매운 것도 좋아해서 남들은 떡만 건져 먹어도 벌벌 떤다는 엽기 떡볶이를 국물까지 싹싹 먹었다. 연화는 돼지갈비를, 오빠 동호는 삼겹살을 좋아해서 외식을 앞두고 가위바위보를 하는 경우도 있었다.

연화가 속 이야기를 나눴던 사람은 외사촌인 다해 언니였다. 다해 언니는 중학교 1학년 때 연화네 집에 와서 중고등학교 시절 내내 함께 살며 연화와 같은 방을 썼다. 유치원 때부터 이른 사춘기를 맞을 때까지 연화는 크고 작은 고민을 다해 언니에게 털어놓았다.

언니는 뭐든 가만 가만 웃으며 들어 주는 함박꽃 같은 사람이었다. 그러던 다해 언니도 언젠가부터 불쑥 의젓해진 연화가 자신에게 오히려 든든한 힘이 되어 준다는 걸 느꼈다.

길치였던 다해 언니를 눈썰미 좋은 연화가 도와준 것도 여러 번이다. 집 안에서 물건을 잃어버리면 연화가 금방 찾아냈다. 식구들이 리모컨 같은 걸 찾으면 가져오는 사람은 늘 연화였다. 나이는 더 어리지만 방 정리도 꼼꼼하게 잘하는 최고의 룸메이트였다.

다해 언니가 결혼을 하면서 군인인 남편을 따라 철원 부대에서 살다가 아기를 갖고 나서 다시 연화네 집으로 왔을 때다. 입덧이 유난히 심했기 때문에 친정이나 다름없는 연화네 집에 와서 조리를 하기로 했다. 어느덧 고등학교 1학년으로 자란 연화는 한여름 입덧으로 고생하는 다해 언니를 보면서 내내 안타까워했다.

"언니, 속 많이 울렁거려? 내가 네이버 찾아보니까 탄산수가 입덧에 좋대. 탄산수

사다 줄까?”

언니는 그렇게 물어보고 챙겨 주는 연화가 더없이 고마웠다.

푹푹 찌는 날씨 때문에 꼼짝도 하기 힘든 어느 날이었다.

“언니! 내가 사 왔다. 떡꼬치 여기!”

떡꼬치가 먹고 싶다는 얘기를 들은 연화가 사흘 동안 근처 동네 분식집을 열 군데나 찾아다니면서 30도 무더위 속에서 떡꼬치를 구해 온 것이다. “입덧하는 언니가 많이 먹어야 해” 하면서 봉지를 통째로 내밀었다. 그렇게 그해 가을 겨울을 보내고 조카 고은이가 태어났을 때 연화는 갓 태어난 아기 고은이를 꼭 안아 보면서 얼마나 웃었는지 모른다. 봄이 오면 아르바이트를 해서 고은이 옷을 사 주겠다고 약속했다.

주말이면 연화는 아르바이트를 다녔다. 진의는 인력 업체를 통해서 곧잘 시화공단의 아르바이트 자리를 구해 왔고 연화는 진의를 따라 일을 하러 갔다. 아침 일곱 시에 시작해서 잔업까지 마치면 아홉 시가 되어야 끝나는 일이었다. 날마다 일감이 달라서 핸드폰 공장으로 갈 때도 있었고 화장품 공장에 갈 때도 있었다. 포장용 종이 상자를 접거나 상자를 옮기는 일, 물건에 스티커를 붙이고 고리를 끼우는 일까지 천차만별이었지만 대부분 서서 해야만 했다.

한번은 연화가 ‘밀착’이라는 과정을 담당하는 생산 라인으로 뽑혀 가기도 했다. 실수가 없고 두드러지게 솜씨가 좋았기 때문이다.

‘밀착’은 뜨거운 기계에 손을 대는 작업이어서 조금 위험할 수 있는 일이다. 부피가 크고 불편한 모자가 달린 작업복을 입어야 하는 데다 땀도 많이 흘리게 된다. 그런데 연화가 밀착에 뽑혔을 때 아르바이트를 하던 친구들은 모두 부러워했다.

“와! 연화 좋겠다. 욕 안 먹어서.”

“그러게. 거기 가서 저 모자 쓰면 욕먹어도 귀에 하나도 안 들릴 거 아니야.”

생산 라인의 아주머니 아저씨들은 아르바이트를 하러 온 학생들을 향해 욕지거리를 날리는 경우가 적지 않았다. 자신들도 누군가에게서 험한 대우를 받으면서 겪은 스트레스를 더 약하고 힘없는 학생들에게 푸는 것이다. 일하는 것보다 욕을 먹는 것이 훨씬 힘들었다. 어떻게 하루 종일 시간을 버티나 싶어도 돈을 받을 때가 되면 정신이 깨어났다. 새벽부터 정신없이 일을 했는데 엉뚱한 트집을 잡아서 중간에 집으로 되돌아온 날도 있었다.

"그 따위로 일을 할 거면 그만 집에 가라."

"아직 열한 시잖아요."

"됐다. 가. 니들 다 필요 없어."

연화와 친구들은 그동안 일한 값이라도 달라고 말했지만 소용없었다.

"정말 돈 벌기 힘들다. 그렇지. 연화야."

"저 아줌마도 집에 가면 우리 같은 딸 있을 거 아니야."

여럿이 일을 갔다가 공장 앞에서 말도 안 되는 퇴짜를 맞고 그냥 돌아온 날은 지민이랑 영은이랑 진의랑 다 같이 연화네 집으로 와서 라면을 끓여 먹었다. 부글부글 끓는 매운 라면으로 억울함을 달랬다. 하지만 연화가 부모님에게 아르바이트가 힘들다고 말한 적은 한 번도 없었다.

연화는 이미 자기 몫의 세상을 당당하게 열어 나가고 있었고 엄마 아빠에게 공연한 근심을 안겨 주고 싶지는 않았다. 가냘픈 막내딸이 일을 하러 가는 날이면 아빠는 연화를 데리러 공장 앞에서 기다리다가 데리고 들어오곤 했다. 큰아들 동호는 일을 다녀오면서 가끔 힘든 소리를 했는데 연화는 한 번도 군말이 없었다. 아빠는 그렇게 조금씩 스스로 성장해 가는 연화가 대견하면서도 저 작은 몸집에 얼마나 고단할까 싶어서 한없이 마음이 쓰였다.

연화와 아빠는 마음이 척척 잘 맞았다. 경일고등학교에 다니던 큰아들 동호가 제주도로 수학여행을 갔을 때다. 그런데 같은 시기에 엄마도 동창들과 제주도 여행 계획이 있어 떠나 버렸다. 텅 빈 집에는 연화와 아빠 둘만 남았다.

"연화야. 우리도 현장 학습 신청서 내고 제주도 갈까?"

"정말? 가자. 아빠."

"가서 놀래 주자. 동호도 엄마도 우리가 뒤따라올 거라고는 생각 못 하겠지."

급조된 여행에 외삼촌과 외할머니도 함께 모시고 가기로 했다. 장난스러운 연화와 아빠의 아이디어는 일사천리로 진행되었고 제주도 어딘가에서 우연한 만남을 성사시키면 성공이었다.

제주도는 제주시와 서귀포를 중심으로 원을 그리는 두 가지 방향의 여행이 가능하다. 경일고등학교가 어디쯤 가고 있는지 알 수 없었던 연화와 아빠는 먼저 시계 방향으로 내려가기로 했다. 성산포에서 민속촌으로 가는 길에 드디어 경일고등학교라고 적힌 버스가 지나가는 것을 발견했다. 차를 돌려 급히 버스를 쫓아갔다. 주차장에서 따라잡은 버스의 학생들에게 '이동호'를 아느냐고 물었다. 그런데 놀랍게도 연화 오빠 이동호는 거기 없었다. 제주도에 수학여행을 온 같은 이름의 경일고등학교가 한군데 더 있었던 것이다.

탐정 놀이 같은 흥미진진한 제주 여행은 계속 되었다. 결국 승마장에서 안산 경일고등학교 버스를 찾았다. 그런데 동호네 반이 탄 버스가 먼저 출발해 버린 바람에 동호 친구들만 잔뜩 보고 헤어졌다.

동창들과 만나 모처럼 한가한 제주 풍경을 즐기고 있던 연화의 엄마는 식구들이 모두 제주도에 와 있다는 사실을 까맣게 모르고 있었다. 연화 엄마가 여행의 마지막 일정으로 들른 제주의 한 식당에는 이미 연화와 연화 아빠, 외삼촌과 할머니가 도착해 멀찌감치 앉아 지켜보고 있었다.

"엄마!"

"연화야! 여기는 도대체 어떻게?"

떨어진 로봇이 합체하는 것처럼 제주에서 다시 모인 연화네 가족은 흑돼지 농장에 제주 민가를 두루 돌아보면서 모처럼 오붓한 시간을 즐겼다. 동호도 '제주도 푸른 밤 그 별 아래' 어딘가에 있을 거라고 상상하면서.

마냥 아빠와 짝꿍일 줄만 알았던 연화에게도 첫사랑이 찾아왔다. 아빠는 퇴근하면서 야간 자율 학습이 끝나는 연화를 기다려 차에 태워 오곤 했다. 그런데 연화가 괜찮다고 말하는 날이 생겼다.

"아빠. 나 그냥 갈게."

딸이 걱정되어서 집 앞 대로에 마중 나간 아빠는 작은 커피숍에서 한 남학생과 이야기를 나누고 있는 연화를 보았다. 침착하고 순수하게 보였다. 아빠는 조심스럽게 뒤돌아 집으로 들어왔다. 딸에게도 존중받아야 하는 시간이 있다는 걸 아빠도 충분히 잘 알고 있었지만 그날이 이렇게 빨리 올 거라고는 짐작하지 못했다.

연화는 남자 친구를 '숑키'라는 별명으로 불렀다. 중고등학교 내내 같은 학교에 다니던 두 사람은 우여곡절 끝에 '썸을 타는 사이'가 되었다. 피아노, 바이올린에 기타까지 못 다루는 악기가 없었던 숑키는 연화에게 늘 '귀엽다, 귀엽다' 했다. 겉으로는 싹싹하지만 은근히 여린 구석이 있는 연화의 마음을 숑키는 잘 알았다. 연화는 작곡가를 꿈꾸는 숑키의 고민을 잘 이해해 주었다. 숑키는 연화가 자꾸만 더 가까운 사람으로 느껴졌다.

연화가 있어서 행복했던 것은 숑키만이 아니었다. 진의와 수빈이에게 연화는 둘도 없는 베스트프렌드였다. 수빈이와 혜화동 벽화마을에 갔던 날, 둘은 낯선 서울 골목을 돌다가 길을 잃었다. 안산 중앙공원으로 다시 돌아오고 나서야 마음이 놓였다.

"자. 이제 나머지를 놀아야지."

그날 저녁 연화와 수빈이는 안산을 신나게 휘젓고 다녔다.

오이도에 놀러 갔을 때 연화와 진의는 탱크보이 두 개를 사서 하나씩 나눠 먹었다. 빨간 등대 앞이었다.

"갈매기다!"

연화랑 있으면 수빈이도 진의도 자잘한 걱정이 사라졌다. 그날도 얼마나 웃고 떠들었는지 모른다. 향토 사랑반을 하면서 학교 후문 텃밭에서 일하던 날, 다 같이 모여 상추쌈에 고기를 구워 먹었다. 일을 돕던 연화와 수빈이와 영은이는 양승진 선생님께 설

탕과 프림을 듬뿍 넣은 커피를 타서 갖다 드렸다.

"커피 맛이 최고구나."

연화는 함께 있는 순간을 부드럽고 달콤하게 만들어 주는 사람이었다. 슈가젤리. 연화가 좋아해서 소중하게 간직했던 네일 에나멜의 이름이다. 수빈이는 파랑색을 좋아하는 연화에게 자신이 아끼던 96번 에나멜 '슈가젤리'를 선물하면서 말했다.

"연화야. 이건 너하고 더 잘 어울려."

꼭 맞는 말이었다. 이연화는 영원히 반짝이는 우리 모두의 슈가젤리였다.

오래된 골목 속으로 사라지다

안산 단원고 2학년 1반 **한고운**

1. 아빠가 찍어 준 고운이 사진.
2. 고운이가 직접 찍은 사진. 찰랑거리던 긴 생머리가 매력적이었다.
3. 고운이가 중2, 동생 수광이가 초6 때의 가족 여행.

오래된 골목 속으로 사라지다

고운이는 키가 컸다. 갓난아기 때부터 몸이 길쭉하더니 자라는 내내 또래보다 키가 한 뼘씩 더 크곤 했다. 유치원 다닐 때도 줄곧 맨 뒷자리에 앉았다. 온갖 것들에 대한 호기심도 쑥쑥 자라났다. 날마다 눈을 말똥말똥 뜨고 작은 엉덩이를 달싹거렸다. 선생님이 읽어 주는 그림책을 자세히 보고 싶어 자꾸 앞으로 나가면, 선생님이 "고운아, 자리에 가서 앉으세요" 한다면서 입을 한 주먹씩 내밀었다.

겁 없고 궁금한 것 많은 고운이 때문에 엄마는 가슴 철렁한 적이 많았다. 시장에 같이 장 보러 가면 잠깐 물건 사는 틈에 고운이가 보이지 않았다. 오던 길을 되짚어 급히 뛰어가면 알록달록한 것들을 파는 좌판 앞에 쪼그려 앉아 있었다. 집 앞에서 놀겠다고 나간 아이가 늦도록 오지 않아 가슴 졸이며 동네를 헤집고 다닌 것도 여러 번이었다. 그때마다 고운이는 이웃집에서 숟가락 쥐고 같이 저녁밥을 먹고 있거나 우연히 마주친 길고양이를 따라 길 건너 아랫동네에까지 가 있곤 했다. 다섯 살 무렵에는 저 혼자 몸을 뱅글뱅글 돌리는 것에 재미가 들려 자꾸자꾸 몸을 돌리다가 그만 고꾸라져 어깨뼈에 금이 가기도 했다. 갑옷 입은 것처럼 어깨 깁스를 하고도 동네를 오르락내리락 부지런히 뛰어다녔다.

엄마는 고운이가 열세 살 되던 해 다시 일을 시작하였다. 집에 아이들만 두고 나올 때마다 뒤꼭지가 당기고 마음이 편치 않았지만, 정작 고운이는 별일 아니라는 듯 굴었다. 두 살 터울인 남동생과 밥도 곧잘 챙겨 먹고 밥상에 둘러앉아 숙제도 했다. 또 단짝 희정이와 붙어 다니느라 여전히 바쁘고 분주하였다.

고운이와 희정이가 처음 만난 건 초등학교 4학년 때였다. 숫기 없는 희정이는 늘상 혼자 앉아 그림을 그렸고, 친구들을 우우 몰고 다니던 고운이는 쉬는 시간마다 복도며 운동장을 숨이 차게 뛰어다녔다. 어느 날 희정이가 책상에 엎드려 그림을 끄적이는데, 누가 어깨를 툭툭 쳤다.

"너 그림 그리는 거 좋아해?"

고개를 들고 보니, 고운이였다. 어디서 한참 뛰다 오는 길인지 코끝에 땀이 송골송골 맺혀 있었다. 고운이는 그길로 자기 책상으로 가서 그림들이 빼곡히 그려진 제 공책을 가져와 희정이에게 보여 주었다.

"나도 좋아해."

고운이와 희정이가 마주 보며 웃었고, 그 뒤로 차츰차츰 단짝이 되었다.

단짝이 된 뒤에 안 사실이지만, 둘은 비슷한 점이 꽤 많았다. 둘 다 만화가가 되는 게 꿈이었고, 수학이라면 넌덜머리를 내는 것도 똑같았다. 또 틈만 나면 같이 뜀박질하는 걸 아주 좋아했다. 고운이는 긴 다리로 풀쩍풀쩍 잘도 뛰었고, 희정이는 고운이 따라 학교 안팎을 뛰어다니면서 달리기도 참 재미있다는 걸 처음 알았다.

남동생만 하나씩 있다는 것도 빼놓을 수 없는 공통점이었다. 신기하게도 남동생들 역시 동갑내기였다. 고운이와 희정이는 매일같이 동생들을 데리고 다니며 같이 놀았다. 처음엔 고운이가 엄마 없는 동안 동생을 챙겨야 해서 억지로 그랬는데, 놀다 보니 어느새 사총사처럼 똘똘 뭉쳐 다니게 되었다. 별것 아닌 일을 하면서도 넷이서 시간 가는 줄 모르고 골목을 쏘다녔다.

한동안은 만날 때마다 기록 재기 놀이를 했다. 한 아이가 저쪽 가겟집에서부터 이쪽 전봇대까지 뛰면 나머지 아이들이 전자시계로 시간을 쟀다. 아이들은 순서를 정해 번갈아 뛰며 서로의 기록을 재 주었다.

"넌 1분 12초! 넌 1분 9초! 야, 우리 1분 안에 들어오기 하자!"

고운이가 눈에 힘을 꽉 주고 아이들을 둘러보았다. 다른 아이들도 사뭇 비장한 눈빛으로 고개를 끄덕였다. 결국 아이들은 몇 날 며칠을 뛰고 또 뛰어서 조금씩 기록을 단축하였고 마침내 모두가 1분 안에 들어오는 데 성공하였다. 마지막 한 명이 성공할 때까지 같이 훈련도 하고 "조금만 더! 조금만 더!" 입을 모아 응원도 하였다.

달리기 말고도 기록을 잴 것들은 아주 많았다. 줄넘기 많이 하기 기록도 재고, 한 발로 버티기 기록도 재고, 철봉에 오래 매달리기 기록도 재었다. 그리고 어떻게든 안간힘을 써 가며 자기 기록들을 단축시켜 나갔다. 아이들은 이전 기록을 깨고 새로운 기록을 세울 때마다 세상을 다 얻은 듯 소리를 지르며 기뻐하였다.

고운이랑 희정이가 중학생이 되자 허구한 날 골목을 뛰어다니기만 하는 게 문득 시시해졌다.

"애들처럼 노는 거 말고 딴 거 뭐 없냐?"

놀이터 그네에 적당히 엉덩이를 걸친 누나들이 시큰둥한 얼굴로 물었다. 그러자 동생들이 맥없이 몸을 흔들며 춤을 추었고, 고운이가 재빨리 휴대폰을 열어 그 장면을 찍었다. 아이들이 사진을 보며 배꼽이 빠지도록 웃었다.

"다시, 다시! 이번엔 동영상으로 찍을게."

새로운 놀이가 시작되었다. 아이들은 휴대폰에 달린 카메라로 영상을 찍어 돌려 보는 일에 금세 빠져들었다. 처음엔 우스갯소리 하는 거며 괜히 찧고 까부는 모습만 찍었는데, 나중엔 한창 유행하던 춤을 연습해서 똑같이 추는 것도 찍고 전날 본 드라마의 한 장면을 역할 나눠 연기하는 것도 찍었다. 그러다 언제부터인가 자기들끼리 이러쿵저러쿵 기발한 이야기를 만들어 그걸 찍기 시작했다.

영상은 주로 고운이가 찍었다. 휴대폰을 잘 다루던 고운이는 귀신이 성큼성큼 다가오는 장면이나 자전거가 쌩 하고 지나가는 장면 같은 것을 요령껏 잘 찍어 냈다. 아이들은 어두운 밤 장면을 찍으려 저녁 먹고 다시 모이기도 했고, 설날 아침에도 떡국을 먹자마자 잽싸게 튀어나와 호호 손을 불어 가며 저희들만의 작품을 계속 만들어 갔다. 사총사의 영화 찍기 놀이는 희정이네가 먼 곳으로 이사를 갈 때까지 계속되었다.

중하교 졸업을 앞둔 어느 날, 아빠가 고운이를 안방으로 불렀다. 그즈음 아빠는 고운이를 볼 때마다 걱정과 서운함이 겹쳐 지나갔다. 왈가닥처럼 동네를 뛰어다니던 아이가 갑자기 말수가 줄더니 방에 틀어박혀 지내는 시간이 많아졌고, 아빠 목에 매달려 얼굴을 비비고 장난치는 일도 언제부터인가 더는 하지 않았다. 사춘기의 긴 터널을 지나는 중이겠거니 하며 예사로이 지나가려 해도 자꾸만 염려가 되고 마음이 쓰였다.

"고운아, 이거 오늘부터 네 거 해."

아빠가 고운이 앞에 내민 것은 카메라였다. 몇 해를 벼르고 벼르다 얼마 전 큰맘 먹고 구입한 새 카메라였다. 고운이 입이 함박 만하게 벌어졌다.

아빠는 고운이 얼굴을 찬찬히 들여다보았다. 고운이는 아빠에게 더없이 각별한 딸이었다. 결혼한 뒤 오래 기다려 얻은 첫아이였고, 하는 행동 하나하나가 아빠를 쏙 빼닮아 볼수록 신기하고 대견한 녀석이었다. 고운이가 어려서 그림을 곧잘 그리는 걸 보면서도 아빠는 남몰래 좀 애달팠다. 학창 시절 그림을 빼어나게 잘 그렸던 아빠는 집안 형편이 어려워 제대로 그림 배울 기회를 얻지 못했고, 혼자 근근이 버티다가 결국 붓을 놓고 말았다. 그 헛헛한 마음은 꽤 오래갔고 나중에 카메라를 손에 잡고서야 겨우 가라앉았다. 못다 그린 그림을 그리듯 아빠는 뷰파인더 안에 차곡차곡 세상을 담기 시작했다. 빠듯한 살림에도 어떻게든 돈을 모아 필름을 샀고, 다시 또 돈을 모아 인화를 하였다. 인화비가 없어 봉투에 넣어 보관하던 필름들을 이사하면서 통째로 잃어버리고 한동안 애를 끓이기도 했다. 그런데 요즘 들어 고운이가 아빠 카메라에 부쩍 관심을 보였다. 사진을 찍어 주려고 앞에 세워 놓으면 어느새 아빠 뒤로 와서 카메라 화면을 유심히 들여다보곤 했다.

"고운아, 이거 고장 나도 되니까 너 찍고 싶은 대로 실컷 찍어 봐. 아빠가 해 보니까 찍으면서 배우는 게 진짜더라. 사진은 거짓말을 안 해. 딱 애쓴 만큼씩 좋아지거든."

아빠는 기본 작동법 몇 가지만 가르쳐 주고 고운이 손에 카메라를 쥐어 주었다. 고단한 세상살이를 견딜 때마다 아빠에게 카메라가 힘이 돼 주었듯 고운이에게도 이 카메라가 힘든 시절의 미더운 친구가 되었으면 좋겠다고, 아빠는 생각했다.

"이거 나 주면 아빠는 어떡해?"

고운이가 아빠를 물끄러미 건너다보았다.

"아빠는 옛날 거 그냥 쓰면 돼."

아빠가 부스스 웃으며 고운이 얼굴을 가만가만 쓰다듬었다.

그때부터 카메라는 고운이의 보물 1호가 되었다. 틈만 나면 찰칵찰칵 셔터를 눌러댔다. 카메라는 두 손으로 그러쥐기에 딱 적당한 크기였고 기분 좋을 만큼 묵직하였다. 그런데 카메라에는 뭐가 뭔지 알 수 없는 버튼이 참 많이도 달려 있었다. 각각의 버튼이 어떤 기능을 하는지 일일이 확인하는 것만으로도 시간이 정신없이 지나갔다. 아무리 들여다봐도 끝내 알 수 없는 표시도 많았다. 아빠한테 물어보고 싶은 게 수두룩했지만, 아빠는 일 때문에 급히 지방에 내려가야 했고 한동안 식구들과 떨어져 지낼 수밖에 없었다.

고운이는 고등학교에 입학하자마자 학교 도서관을 찾았다. 그리고 서고를 여기저기 헤맨 끝에 카메라에 관련된 책을 한 권 찾을 수 있었다. 고운이가 학교 도서관에서 처음 빌린 책이었다. 책 속에는 지금껏 한 번도 만난 적 없는, 그러나 마치 오랫동안 기다려온 것만 같은 새로운 세계들이 펼쳐져 있었다.

앵글을 달리 하면 사물이 새롭게 보인다는 것도, 빛의 양과 셔터의 속도에 따라 사진의 느낌이 아주 달라진다는 것도 책을 통해 알게 되었다. 사진은 세상을 그저 있는 그대로 복제하는 게 아니었다. 매일 마주치는 익숙하고 평범한 풍경도 찍는 사람의 생각과 의도에 따라 세상 어디에도 없는 새롭고 특별한 장면으로 거듭날 수 있었다. 고운이는 공책을 하나 사서 사진 찍을 때 꼭 기억해야 할 것들을 꼼꼼히 적어 나갔다. 손의 흔들림을 줄이려면 카메라를 어떻게 쥐어야 하는지, 움직이는 것을 찍을 때는 뭘 조심해야 하는지, 혼자 궁리하며 사진을 찍고 또 찍었다.

"너 표정이 하나도 안 무서워. 좀 더 째려봐야지. 말도 확 쏘아붙이고."

"맞아. 그래야 나도 진짜로 눈물이 난단 말이야."

“안 되겠다. 우리 한 번 더 찍지. 이왕 하는 거 제대로 해야지.”

고운이와 몇몇 친구들이 빈 교실에 머리를 맞대고 모여 앉았다. 이렇게 하자 저렇게 하자 목소리를 높이던 아이들이 한 번 더 찍자는 말에 얼른 옷매무새를 고쳤다. 고운이가 보물 1호 카메라를 높이 치켜들고 “레디, 액션!”을 외치자 나머지 아이들이 손발을 맞춰 다시 연기를 하기 시작했다.

아이들은 며칠째 ‘학교 폭력 예방’에 관한 영상을 찍는 중이었다. 제대로 찍어서 학교 UCC 대회에 출품할 생각이었다. 그 모든 계획은 고운이의 카메라로부터 비롯되었다.

고운이가 한창 카메라 공부를 할 때, 여러 버튼 중에서 보자마자 ‘아하!’ 하고 고개를 끄덕인 것이 하나 있었다. 동영상 기능에 관한 버튼이었다. 사총사 아이들과 영화 찍기 놀이를 하던 시절, 휴대폰을 카메라 삼아 촬영을 하는 일은 늘 고운이 몫이었다. 어떻게 찍어서 어떻게 이어 붙여야 하는지 아무도 가르쳐 준 적 없지만, 저절로 깨친 그 감각들이 고운이의 기억 속에 고스란히 남아 있었다. UCC 대회 공고문에는 학생들이 스스로 만든 영상을 모집한다고 쓰여 있었다. 고운이는 학교 게시판에 걸린 공고문을 보는 순간, 저걸 한번 해 봐야겠다는 생각이 들었다. 뭐라고 이유를 설명할 수는 없지만 왠지 당연하고 자연스러운 일 같았다.

교실 장면을 다 찍은 아이들은 카메라를 들고 학교 밖으로 나가기로 했다. 학교 폭력은 어른들의 눈을 피해 학교 밖에서 더 적나라하게 그 힘을 발휘하게 마련이고, 아이들은 가장 현실적인 이야기를 있는 그대로 담아내고 싶었다. 하지만 직접 카메라를 들고 제 목소리를 내는 일은 생각처럼 쉽지 않았다. 그건 삶의 진짜 무게를 감당해야 하는 작업이었다. 아이들은 으슥한 공원 뒷길에서 여러 아이가 한 아이를 괴롭히는 장면도 찍고, 경찰서에 끌려간 가해자 아이들을 담임 선생님이 데리러 오는 장면도 찍었다. 어디서 그런 용기가 났는지, 동네 파출소를 찾아가 촬영 협조도 구하고 경찰관 언니에게 특별 출연을 부탁하기도 했다. 이야기가 서서히 모양을 갖춰 가기 시작했다.

촬영이 얼추 끝나고 다른 아이들이 모두 집으로 돌아간 뒤에도 고운이의 작업은 계속되었다. 카메라로 찍은 장면들을 모두 컴퓨터에 옮긴 다음 손수 편집을 해야 했기 때문이다. 무료로 내려받을 수 있는 편집 프로그램을 찾느라 웹사이트를 몇 시간씩 헤매고, 이 장면을 먼저 붙일까 저 장면을 먼저 붙일까 고민하느라 밤을 꼴딱 새우고, 사이사이 집어넣을 배경 음악을 고르느라 또 여러 날 잠을 설쳐도, 고운이는 그 모든 일들이 싫지 않았다. 싫기는커녕 일을 하는 내내 머릿속이 맑아지고 가슴이 뛰었다. '이런 거 한번 만들어 볼까?' 했던 막연한 생각들이 이토록 구체적인 영상으로 눈앞에 존재한다는 사실이 잘 믿기지 않고 그저 신기하기만 했다.

오랜만에 희정이가 찾아왔다. 멀리 이사 간 뒤로는 자주 얼굴 보기가 어려웠다. 무겁게 내려앉은 하늘에선 금방이라도 눈이 쏟아질 것 같았다. 고등학교에 입학한 게 엊그제 같은데 어느새 겨울 방학이었다. 둘은 매일같이 가던 놀이터로 걸음을 옮겼다.

"야, 너 생각나? 우리 둘 다 꿈이 만화가였던 거?"

고운이가 희정이를 쿡쿡 찌르며 웃었다. 만화가를 꿈꾸던 열한 살 시절로부터 시간이 쏜살같이 흘러 둘은 새해 열여덟 살이 되었다. 그리고 그사이 많은 것들이 달라졌다.

그네에 걸터앉아 발로 모래를 뒤적이던 고운이가 새로 품은 꿈 이야기를 털어놓았다. 나는 이제 만화가 말고 카메라맨이 되고 싶다고, 대학도 영상 관련 학과로 가고 싶고, 나중에 방송국에 들어가면 카메라를 메고 세상 구석구석을 돌아다니며 신기하고 재미난 것들을 많이 찍고 싶다고, 그래서 우리 엄마나 아빠처럼 일 때문에 여행을 자주 못 가는 사람들에게 이 세상이 얼마나 멋지고 근사한 곳인지 꼭 알려 주고 싶다고 했다.

"카메라 계속 들고 다니면 무겁지 않을까?"

희정이가 걱정스러운 얼굴로 물었다.

"괜찮아. 나 힘세잖아. 키도 이렇게 크고!"

고운이가 긴 다리를 앞으로 쭉 뻗으며 키득키득 웃었다. 희정이가 말없이 고운이를

돌아보았다. 사실은 희정이도 얼마 전 새 꿈이 생겼다. 우연히 청소년 극단에서 연극을 한 편 같이 올리고 난 다음부터 배우가 되고 싶은 마음이 자꾸자꾸 커졌다. 엄마가 알면 반대할 게 뻔했기 때문에 차마 입 밖으로 꺼내지 못한 꿈이었다. 그러고 보면 고운이는 열한 살 때나 지금이나 변함없이 제 힘으로 버티며 살아가고 있었다. 다른 사람 눈치 보지 않고 자기가 가고 싶은 곳을 향해 성큼성큼 뛰어가고 있었다. 희정이는 그런 고운이가 늘 부러웠다.

희정이는 아무한테도 말한 적 없는 배우의 꿈을 고운이에게 들려주었다. 자신은 나중에 어떤 배우가 되고 싶은지, 무대에서 어떤 연기를 하고 싶은지 오래오래 소곤거렸다.

"나중에 내가 진짜로 배우가 되면 네가 예전처럼 나를 카메라로 찍어 줘. 그러면 하나도 떨리지 않을 것 같아. 꼭, 꼭, 그러기다. 까먹으면 안 돼."

희정이가 새끼손가락을 내밀었다. 고운이가 고개를 끄덕이며 손가락을 마주 걸었다.

"너 모르지? 나 지난번에 학교에서 UCC 대회 했을 때 상도 탔어. 처음 만들어 본 건데 꽤 괜찮았다고. 내가 예쁘게 찍어 줄 테니까 걱정하지 마. 사진도 찍어 주고 영상도 찍어 줄게. 그러니까 우리 그냥 하고 싶은 거 하면서 살자. 알았지?"

고운이가 눈을 찡긋하며 웃었다. 희정이도 환하게 따라 웃었다. 하늘에서 기어이 눈이 내리기 시작했다.

"우리 뛰자!"

"푸하핫, 이게 얼마 만이냐?"

둘은 그네에서 일어나 눈에 익은 오래된 골목을 향해 뛰어갔다. 아이들 깔깔대는 웃음소리가 골목 속으로 흩어지고, 빈 놀이터에는 새해 첫눈이 춤을 추듯 나리고 있었다.

경기도교육청 '약전발간위원회'

위원장 | 유시춘

위원 | 노항래 박수정 오시은 오현주 정화진

경기도교육청 약전작가단(139명)

강무홍 강정연 강한기 공진하 권현형 권호경 금해랑 김경은 김광수 김기정 김남중 김동균
김리라 김명화 김미혜 김민숙 김별아 김선희 김세라 김소연 김순천 김연수 김용란 김유석
김은의 김이정 김인숙 김지은 김하늘 김하은 김해원 김해자 김희진 남궁담 남다은 남지은
노항래 명숙 문양효숙 민구 박경희 박수정 박은정 박일환 박종대 박준 박채란 박현진
박형숙 박효미 박희정 배유안 배지영 서분숙 서성란 서화숙 선안나 손미 송기역 신연호
신이수 안미란 안상학 안재성 안희연 양경언 양지숙 양지안 오수연 오시은 오준호 오현주
유시춘 유은실 유하정 유해정 윤경희 윤동수 윤자명 윤혜숙 은이결 이경혜 이남희 이미지
이선옥 이성숙 이성아 이영애 이윤 이재표 이창숙 이퐁 이해성 이현 이현수 임성준 임오정
임정아 임정은 임정자 임정환 임채영 장미 장세정 장영복 장주식 장지혜 전경남 정덕재
정란희 정미현 정세언 정윤영 정재은 정주연 정지아 정혜원 정화진 정희재 조재도 조지영
진형민 채인선 천경철 최경실 최나미 최아름 최예륜 최용탁 최은숙 최정화 최지용 하성란
한유주 한창훈 함순례 홍승희 홍은전 희정

416 단원고 약전
짧은, 그리고 영원한 1권 (2학년 1반)

너와 나의 슈가젤리

초판 1쇄 2016년 1월 12일
초판 3쇄 2018년 3월 20일

지은이 경기도교육청 약전작가단
엮은이 경기도교육청
펴낸이 이재교
책임감수 유시춘
책임교정 양순필
책임편집 박자영
그림 김병하
손글씨 이심
디자인 김상철 박자영 이정은
인쇄 신사고하이테크(주)

펴낸곳 굿플러스커뮤니케이션즈(주)
출판등록 2013년 5월 7일 제2013-000136호
주소 서울시 마포구 동교로17길 51 (서교동 458-20) 4, 5층
대표전화 02.6080.9858
팩스 0505.115.5245
이메일 goodplusbook@gmail.com
홈페이지 www.goodpl.net
페이스북 www.facebook.com/pages/416book

ISBN 979-11-85818-12-2 (04810)
ISBN 979-11-85818-11-5 (세트)

「이 도서의 국립중앙도서관 출판시도서목록(CIP)은
서지정보유통지원시스템 홈페이지(http://seoji.nl.go.kr)와
국가자료공동목록시스템(http://www.nl.go.kr/kolisnet)에서 이용하실 수 있습니다.
(CIP제어번호: 2015035426)」

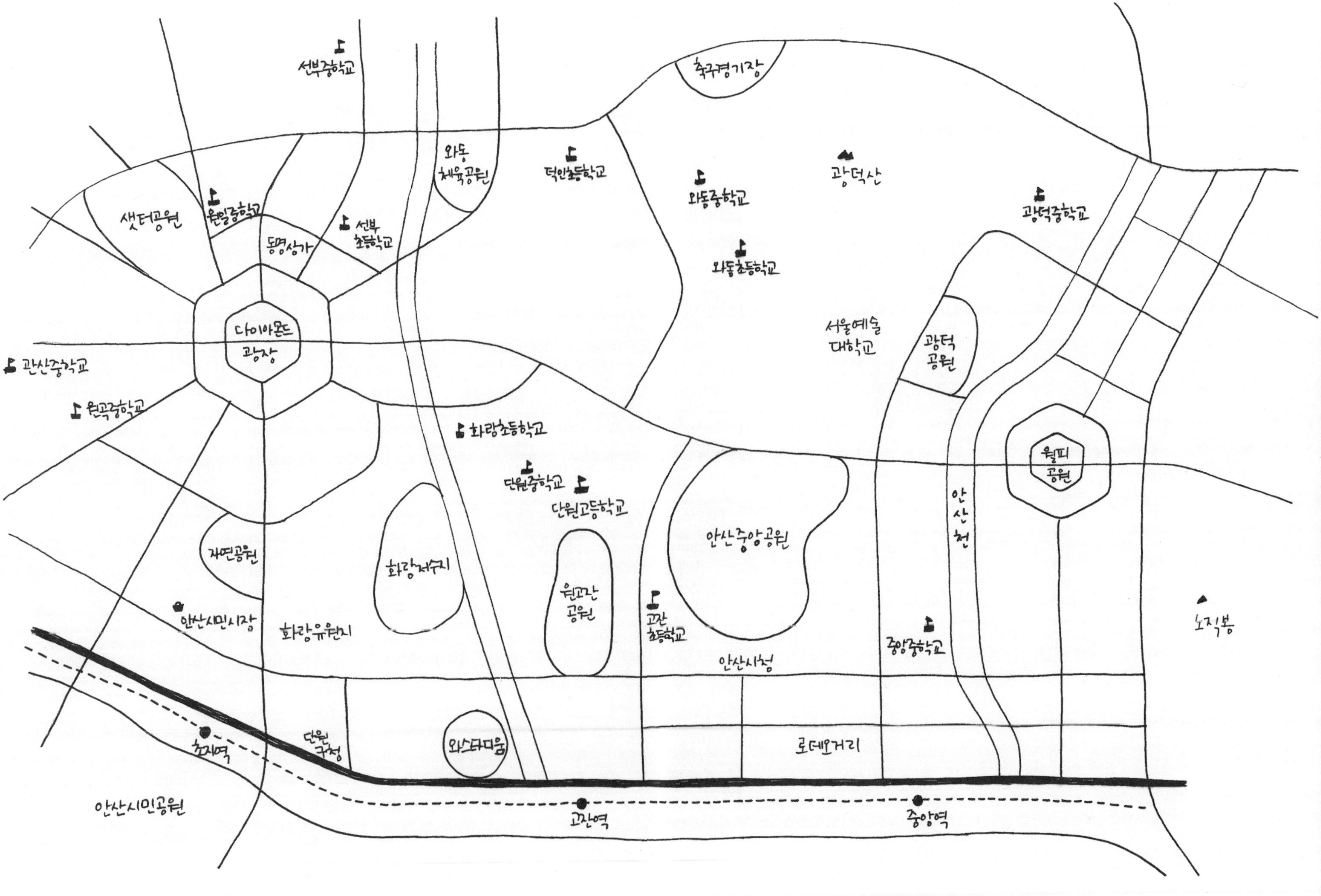
선부중학교
축구경기장
와동
체육공원
덕인초등학교
와동중학교
광덕산
광덕중학교
새터공원
원일중학교
선부
초등학교
동명상가
와동초등학교
다이아몬드
광장
서울예술
대학교
광덕
공원
관산중학교
원곡중학교
화랑초등학교
월피
공원
단원중학교
단원고등학교
안
산
천
안산중앙공원
자연공원
화랑저수지
원고잔
공원
고잔
초등학교
노적봉
안산시민시장
화랑유원지
중앙중학교
안산시청
단원
구청
와스타디움
로데오거리
초지역
안산시민공원
고잔역
중앙역

머물렀던 거리

←